이 책은 2009년도 정부재원(교육과학기술부 인문사회연구역량강화사업비)으로 한국학술진흥재단의 지원을 받아 연구되었음(KRF-2009-322-A00093).

············································································

# 산꽃은 일부러
# 우릴 기다려 피었구나

# 발간에 부쳐…

 2008년 9월 설립된 이화여자대학교 중국문화연구소는 기존 어문학 중심의 연구에서 벗어나, 세부적인 학문 영역에 국한되지 않는 포괄적이고 심도 있는 전문 중국학 연구의 구심점이 되기 위해 노력하고 있습니다. 폭넓은 시야와 안목을 가진 전문 인력을 확보하고 다양한 정보를 공유함으로써 새로운 방법론을 창안할 연구 공간으로의 역할을 모색하고 있습니다. 특히 지역학 및 지역문화 연구, 여성문학 연구, 학제 간 연구를 중심으로 한 차별화된 전략을 통해 학문적 국제경쟁력을 강화하고 있습니다. 또한 급변하는 동아시아 및 국제사회에 적극적으로 대처하기 위해 실용성을 추구하면서 한중양국의 문화 창달에 기여하고 있습니다.

 2009년 7월부터 본 연구소 산하 '중국 여성 문화·문학 연구실'에서는 '명대 여성작가 작품 집성—해제, 주석 및 DB 구축'이라는 프로젝트를 수행하게 되었습니다(한국연구재단 2009년 기초연구과제 지원사업, KRF—2009—322—A00093).

곧 명대 여성문학 전 작품을 대상으로 자료를 수집하여 주석, 해제하고 이에 대한 데이터베이스 구축을 위해 방대한 분량의 원문을 입력하는 작업으로, 이미 상당 부분 진행되었습니다. 정리 작업을 진행하면서 중요 작가를 중심으로 작품의 성취가 높은 것을 선별해 일반 독자에게 알리기 위해 연구총서의 일환으로 이를 번역, 출판하게 되었습니다.

이와 같은 연구 성과는 한국·중국 고전문학 내지는 여성문학 연구의 중요한 토대를 마련할 뿐 아니라, 동서양의 수많은 여성문학 연구가들에게 편의를 제공하게 될 것입니다.


이화여자대학교 중국문화연구소
소장 이 종 진

# 출판 서

 이화여자대학교 중국문화연구소는 한국연구재단의 지원 하에 「명대(明代) 여성작가(女性作家) 작품 집성(集成)—해제, 주석 및 DB 구축」이라는 과제를 수행하고 있습니다.
 2009년 7월부터 시작된 본 과제는 명대 여성들이 지은 시(詩), 사(詞), 산곡(散曲), 산문(散文), 희곡(戱曲), 탄사(彈詞) 등의 원문을 수집 정리하여 DB로 구축하고 주석 해제하는 사업으로 3년에 걸쳐 진행됩니다. 연구원들은 각자의 전공에 따라 자료를 수집 정리해 장르별로 종합한 뒤 작품을 강독하면서 주석하고 해제하고 있습니다. 이런 과정에서 우수 작가와 작품을 선별하여 출간하는 것이 본 사업의 의의를 확대할 수 있다고 판단되어 연차별로 4~5권씩 번역 출간하는 계획을 수립하였습니다.

 본 과제를 수행하는 데는 적지 않은 어려움이 따랐습니다. 첫째는 원 자료 수집의 어려움이었습니다. 북경, 상해, 남경의 도서관을 찾아다니면서 대여조차 힘든 귀중본을 베끼고, 복사하거나 촬영하는 수고로움을 마다하지 않았습니다.
 둘째는 작품 주해와 번역의 어려움이었습니다. 전통시기의 여성 작가이기에 생애와 경력이 거의 알려지지 않은 경우가 대부분이어서 작품 배경을 살피기가 용이하지 않았습니다. 따라서 주해나 작품 해석에서 부딪치는 문제가 적지 않아 이를 해결하는 데 많은 수고가 따랐습니다.
 셋째는 작가와 작품 선별의 어려움이었습니다. 명청대 여성 작가에 대한 자료의 수집, 정리는 중국에서도 이제 막 시작된 분야이기 때문에 연구의 축적 자체가 적은 편입니다. 게다가 중국 학계에서는 그나마 발굴된 여성 작가 가운데 명대(明代)에 대한 우국충정(憂國衷情)이 강한 작가를 높이 평가하고 있습니다. 그러나 작품의 가치를 평가할 때 우국충정만이 잣대가 될 수는 없을 것입니다. 연구원들은 기존 연구가 전무하거나 편협한 상황 하에서 수집된 자료 가운데 더욱 의미 있는 작품을 고르기 위해 작품을 다각적으로 분석하고 여러 번 통독하는 수고를 감내했습니다.

우리 5명의 연구원과 박사급 연구원은 본 과제를 수행하기 위해 끝이 보이지 않는 수고를 감내하였습니다. 매주 과도하게 할당된 과제를 성실히 수행했을 뿐만 아니라 출간 계획이 세워진 다음에는 매주 두세 차례 만나 번역과 해제를 면밀히 검토하였습니다. 출간에 즈음하여 필사본의 이체자(異體字) 및 오자(誤字) 문제의 자문에 응해주신 중국운문학회회장(中國韻文學會會長), 남경사대(南京師大) 종진진(鐘振振)교수에게 감사드리며 아울러 윤독회에 빠지지 않고 참여해 주신 최일의 선생에게 심심한 감사를 전합니다.

본 작품집의 출간을 통해 이제껏 학계에서 간과되어 온 명대 여성작가와 작품들이 널리 알려져 명대문학이 새롭게 조명됨은 물론 명대 여성문학에 대한 평가가 새로워지길 바랍니다. 아울러 한중여성문학의 비교연구가 활발하게 시작되는 계기가 마련되길 기대합니다.

끝으로 본 기획의 가치를 높이 평가하고 쉽지 않은 출간에 선뜻 응해 준 '도서출판 사람들'에 깊은 감사를 표합니다.

2011년 2월

이화여자대학교 중국문화연구소
소장 이 종 진

## 역자서문

중국에서 여성문인이 본격적으로 등장한 시기는 명대(明代)이다. 명대 강남지역을 중심으로 많은 여성문인들이 등장하는데, 이들은 대부분 가족을 중심으로 하여 활동하였다. 모녀관계, 자매관계, 친척관계 등 혈연으로 맺어진 여성문인들은 가족 특유의 진한 유대감을 바탕으로 하여 서로 간에 문학작품을 주고받았는데, 이는 마치 공통된 문학주장을 통해 한데 뭉친 문학결사(文學結社)와도 같았다.

모녀관계로는 오강(吳江, 강소성 蘇州부근)의 심의수(沈宜修)와 엽환환(葉紈紈), 엽소환(葉小紈), 엽소란(葉小鸞) 자매, 산음(山陰, 절강성 紹興)의 상경란(商景蘭)과 기덕연(祁德淵), 기덕경(祁德瓊), 기덕채(祁德茝) 자매, 가흥(嘉興, 절강성)의 황덕정(黃德貞)과 손란원(孫蘭媛), 손혜원(孫蕙媛) 자매를 들 수 있고, 자매나 친척관계로는 동성(桐城, 안휘성)의 방맹식(方孟式), 방중현(方仲賢) 자매와 그 사촌 방유칙(方維則), 가흥(嘉興, 절강성)의 황원정(黃媛貞), 황원개(黃媛介) 자매와 그 사촌 황덕정(黃德貞), 포전(莆田, 복건성)의 황유조(黃幼藻), 황유번(黃幼蘩) 자매 등을 들 수 있다.

이러한 여성문인 가운데 심의수와 엽환환, 엽소환, 엽소란 자매가 가장 유명하다고 할 수 있다. 심의수는 희곡으로 유명한 오강 심씨 집안 출신으로 명대 여성문학을 대표하는 여성문인인 동시에 명대 여성문집을 모아 『이인사(伊人思)』를 편찬하기도 한 출판인이다. 이처럼 창작이나 문학관 면에서 확실한 자기목소리를 가진 어머니의 문학교육과 여성문학을 지지하는 아버지 엽소원(葉紹袁)의 적극적인 지원 아래, 엽환환, 엽소환, 엽소란 세 자매는 타고난 문학적 재능을 바탕으로 자신들의 문학세계를 구축할 수 있었다.

엽환환, 엽소환, 엽소란은 결혼하기 전까지 서로 시사를 짓고 평해주며 문학적으로 소통하였고, 엽환환과 엽소환이 결혼하고 난 뒤로는 시사 형식의 서신을 통해 서로의 안부를 묻기도 하고 서로에 대한 그리움을 노래하기도 하였다. 사대부 여성의 특성상 주로 집안에서 생활하였기 때문에 작품의 주제가 정원이나 규방 밖을 벗어나진 않지만, 집안의 대소사와 일상생활 등이 자세하게 노래되어 있어서 여성생활문화 면에서 주목할 만하다.

엽환환의 작품은 『수언(愁言)』에 시 95수와 사 47수, 엽소환의 작품은 『존여초(存餘草)』에 시 51수, 『전명사(全明詞)』에 사 15수, 엽소란의 작품은 『반생향(返生香)』에 시 113수, 사 90수, 문장 3편이 수록되어 있는데, 엽소환의 사를 제외하고는 모두 『오몽당집(午夢堂集)』에 수록되어 있다. 『오몽당집』은 1636년(崇禎 9년) 엽소원이 부인 심의수가 죽은 이듬해 엽씨 가족의 문집과 관련 문장들을 모두 수집하여 편찬한 책이다. 이에 이 책에서는 시 원문은 『오몽당집』을 근거로 하고, 사 원문은 『오몽당집』에 비해 표점부호가 정확한 『전명사(全明詞)』를 근거로 하여 작품번역을 진행하였다.

작품 선정의 기준은 첫째, 개인사(個人史)와 관련된 작품을 우선적으로 선정하였고, 둘째, 관련 논문에서 거론되는 작품을 선정하였으며, 셋째, 작품성이 뛰어나다고 판단되는 작품을 선정하였다. 이에 엽환환 작품은 시 24수와 사 19수(전체작품의 약30%), 엽소환 작품은 시 21수와 사 8수(전체작품의 약44%), 엽소란 작품은 시 29수와 사 32수(전체작품의 약30%)를 선정하여 총 133수를 번역하여 수록하였다.

엽환환, 엽소환, 엽소란 자매는 오몽당(午夢堂)이라는 한 공간에서 생활하면서 문학적 교유를 통해 더욱 즐거운 시간을 보낼 수 있었고 이를 통해 더욱 긴밀한 유대감을 형성할 수 있었다. 또한 문학적으로 뛰어난 어머니와 소통하면서 다함께 명대 여성문학을 선도할 수 있었다. 하지만 이들의 여성으로서의 삶은 행복하지 못하였다. 엽소란이 결혼식을 앞두고 17세의 나이로 눈을 감았으며, 두 달 뒤에 엽환환마저 6년 동안의 불행한 결혼생활을 등지고 세상을 하직하였던 것이다. 엽소환은 그나마 행복한 결혼생활을 하였지만 남편이 일찍 세상을 뜨는 바람에 평생 가난 속에서 힘들게 살아야 했다.

이러한 인생사의 오르내림 속에서 그들을 이어주고 위로해주며 힘을 북돋워준 것은 바로 문학이었으리라. 가족의 울타리 안에서 서로 믿고 의지하며 문학적으로 소통하였기에 기쁜 일은 더욱 기쁠 수 있었고 슬픈 일은 더욱 빨리 잊힐 수 있었다. 문학이 항상 그들 삶의 한가운데서 굳건하게 자리 잡고 있었기에 외로운 밤을 견딜 수 있었고, 슬픈 심경을 기댈 수 있었으며, 힘든 일상을 살아갈 수 있었다.

명대 여성 작품을 연구하는 우리 연구원들도 이와 마찬가지였다. 시대는 다르지만 그들의 문학작품을 읽으면서 서로 울고 웃을 수 있었고 그로부터 우리네 삶을 위로받을 수 있었다. 「명대 여성작가 작품집성」 프로젝트를 진행하는 5년 동안 아버지처럼 이끌어주신 이종진 선생님, 언제나 맘 편하게 기댈 수 있었던 최일의 선생님, 여성문인 자매들처럼 서로 소통하고 위로해주던 김의정, 김지선, 강경희, 정민경, 이은정 연구원 모두에게 감사드린다. 또한 어려운 한자와 이해하기 힘든 장르적 특성에도 불구하고 한결같이 예쁜 책을 내주시는 '도서출판 사람들'의 사장님께도 깊은 감사를 드린다.

2014년 6월
역주자 강경희 김수희

# 차 례

# 엽환환葉紈紈 시詩

쥐면 부서질 듯 아름다운 시절 얼마나 남았나
비바람이 난간 앞을 지나간 뒤에
부질없이 뜰에 가득한 붉은 꽃 줍노라

## 春日看花有感

春去幾人愁,
春來共娛悅.
來去總無關,
予懷空鬱結.
愁心難問花,
階前自悽咽.
爛熳任東君,[1]
東君情太熱.
獨有看花人,
冷念共氷雪.

---

1) 爛熳(난만): 초목이 무성한 모습.

# 봄날 꽃을 보다가 느낌이 있어


봄이 가면 몇몇 사람들 시름에 젖고
봄이 오면 모두들 즐거워하지
봄이 오고 감에 상관없이 언제나
내 마음은 공연히 울적하네
수심을 꽃에게 묻기 어려워
계단 앞에서 절로 슬퍼 목 메인다
봄은 흐드러져
동군의 정은 너무 뜨거운데
오직 꽃 보는 나만
얼음과 눈처럼 싸늘한 마음이라


**【해제】** 봄을 느끼지 못하는 식어버린 마음을 노래하였다. 사람들은 봄이
오면 기뻐하고 봄이 가면 슬퍼한다. 그러나 시인은 마음 깊은 근심이 있어
봄이 오고가는 것과 상관없이 늘 시름겹다. 생명이 약동하는 봄, 찬란한
꽃 속에서도 기쁨이 일지 않는 얼어붙은 마음을 자각하는 시인의 심정은
오죽할까? 엽환환은 불행한 결혼 생활로 인해 수심으로 집을 짓고 살았
다. 아버지 엽소원이 그녀의 유작을 모아 엮은 시집 제목을 '수언(愁言)'
이라 한 이유가 이 시에 잘 드러나 있다. 엽소원은 이 시를 두고 글자마다
눈물이 어려 있다며 마음 아파했다.

# 題瓊章妹疏香閣

妹自有曉起之作, 卽題閣上, 亦邀余作, 漫拈壁一笑也.


朝霞動簾影,
紗窓曙色長.
起來初捲幕,
花氣入衣香.
中有傾城姿,
春風共迴翔.
玉質倚屛暖,
瑤華映貌芳.[2]
佳人眞絶代,
遲日照新妝.
還疑瓊姓許,[3]
獨坐學吹簧.

---

2) 瑤華(요화): 백옥 같은 꽃.
3) 瓊姓(경성): 엽소란의 자가 경장(瓊章)이므로 서왕모(西王母)의 시녀인
   선녀 비경(飛瓊)과 서로 같은 성씨 즉 같은 부류라는 농담이다.

# 동생 경장의 소향각에 제하여

동생이 「새벽에 일어나」를 지어 소향각에 제하고는 나에게도 지어달라
고 하여 벽에다 대충 써서 웃음거리로 삼았다

아침 놀 주렴 그림자에 어른거리니
비단 창에 새벽빛 길다
일어나 막 휘장 걷으니
꽃기운이 옷으로 들어와 향기롭다
그 가운데 경국지색의 자태 있으니
봄바람이 함께 맴도네
옥 같은 모습 병풍에 의지하여 따뜻하고
아름다운 꽃 고운 모습 비추네
진정한 절대 미인
느린 해 새로 단장한 그 모습 비추니
선녀 비경 같구나
홀로 앉아 피리 부는 모습

【해제】 동생 엽소란의 시 「새벽에 일어나」에 화답한 시이다. 전반부는 엽
소란의 거처인 소향각의 아침 풍경을 묘사했고 후반부는 여동생의 아름다
운 자태를 찬미하였다. 엽소환도 역시 이에 화답한 시를 지었다. 어머니
심의수는 자매들끼리 시를 창작하고 화답한 것을 보고 세 딸의 시에 각각
화답한 시를 지었다. 이는 명말 여성들이 가족을 중심으로 문학 활동을 전
개했던 전형적인 모습을 잘 보여주는 예이다.

## 四時歌

同兩妹次母韻作
春

東君遍把香塵浥,[4]
枝頭處處春光及.
閒心踏草草遍芳,
淚眼看花花盡濕.
深閨簾捲日長時,
羅衣乍試春風急.
游絲路上自鞦韆,
獨坐幃香屛影澁.[5]
淸明寒食斷腸天,
可憐繡陌遊人集.
畵橋煙暖漲晴波,
武陵花泛漁舟入.[6]
黃鶯睍睆燕呢喃,[7]
揉碎韶華餘幾十.[8]
一番風雨過欄前,
滿庭紅紫空相拾.

---

4) 東君(동군): 봄을 주관하는 신.
5) 澁(삽): 매끄럽고 반들반들하지 않다. 거칠거칠하다. 울퉁불퉁하다.
6) 武陵(무릉): 무릉도원. 도연명의 「도화원기(桃花源記)」에서 유래한 동양의 유토피아. 「도화원기」의 내용은 무릉의 한 어부가 복숭아꽃이 떠내려 오는 시내를 따라 가다가 만난 선경(仙境)에 대한 기록이다.
7) 睍睆(현환): 아름다운 새소리를 형용하는 말.
   呢喃(니남): 작은 소리로 재잘대는 것을 형용하는 말.
8) 揉(유): 손으로 비비다. 문지르다.

# 사계절 노래

두 여동생과 어머니의 시운에 차운하여 짓다
봄

동군이 향기로운 먼지 두루 적시니
가지마다 봄빛이 이르렀네
한가로운 마음으로 풀 밟으니 풀은 두루 향기로운데
눈물어린 눈으로 꽃을 보니 꽃이 다 졌었네
깊은 규방에 주렴 걷어 올리는 해 길어진 때
비단 옷 입어보니 봄바람은 급하구나
길가에 버들가지 절로 그네 타는데
홀로 앉은 향기로운 장막에 병풍 그림자만 울퉁불퉁
청명절 한식은 애끊어지는 날
아름다운 꽃길에 유람객들 모인다네
채색한 다리에 안개 따뜻하고 물 불어난 맑은 날
무릉의 꽃 떠가는 곳에 고깃배가 들어가네
노란 꾀꼬리는 꾀꼴꾀꼴 제비는 지지배배
쥐면 부서질 듯 아름다운 시절 며칠 남았나
비바람이 난간 앞을 지나간 뒤에
뜰에 가득한 붉은 꽃 부질없이 줍노라

【해제】 어머니 심의수가 지은 「사계절 노래(四時歌)」에 차운(次韻)한 연작시 네 수 가운데 봄을 노래한 시이다. 세 자매의 시집에 모두 심의수의 시에 차운한 시가 전해진다. 이 시는 피어난 꽃을 보고도 눈물짓고, 지는 꽃을 아쉬워하며 사라져가는 봄을 슬퍼하는 '애상'이 주요 정서로 표출되었다. 이는 엽환환 시에 일관되게 흐르는 기본적인 정서이다.

# 送瓊章妹于歸

畫堂紅燭影搖光,
簫鼓聲繁遶珠梁.
頻傳簾外催妝急,
無語相看各斷腸.
鸞臺寶鏡生離色,9)
鴛帶羅衣惜別長.
香靄屏帷凝彩扇,
風輕簾幕拂新妝.
新妝不用鉛華飾,
梅雪由來羞並色.10)
傾國傾城自絶羣,
飛瓊碧玉驚相識.11)
相顧含情淚暗彈,
可憐未識別離難.
遙遙此夜離香閣,
去去行裝不忍看.

---

9) 鸞臺(난대): 화장대.
10) 梅雪(매설): 무성하게 핀 흰 매화.
11) 碧玉(벽옥): 당(唐) 교지지(喬知之)의 첩, 요낭(窈娘)이라고도 한다. 당(唐) 장작(張鷟)의 『조야첨재(朝野僉載)』에 "교지지에게 벽옥이라는 하녀가 있었는데 예쁘고 가무를 잘 했으며 글재주도 있었다. 교지지가 그녀를 몹시 아껴 혼인도 시키지 않았다. 위왕을 사칭한 무승사가 잠시 그녀를 빌려가서 곱게 단장시켜서 들이게 하더니 교지지에게 돌려보내지 않았다. 이에 교지지가 「녹주원」이라는 시를 지어 보냈는데……벽옥이 그 시를 읽고 눈물을 삼키며 삼일을 굶다가 우물에 빠져 죽었다.(喬知之有婢碧玉, 姝艷能歌舞, 有文華. 知之時幸, 爲之不婚. 僞魏王武承嗣暫借教姬人梳粧, 納之更不放還知之. 知之乃作綠珠怨以寄之……碧玉讀詩, 飮淚不食三日, 投井而死)"라는 구절이 있다.

# 동생 경장이 시집가는 것을 전송하며

화려한 집에 붉은 촛불 흔들리고
퉁소와 북소리 대모 들보를 둘렀네
주렴 밖에서는 자꾸 화장을 재촉하는데
말없이 서로 바라보며 각자 애끊어진다
화장대 거울에 이별의 기운 일고
원앙 허리띠 비단 옷에 긴 이별을 슬퍼한다
병풍과 장막 채색한 부채에 향기로운 안개 어리고
가벼운 바람에 주렴이 신부 화장하는 이를 스치네
신부 화장 화려하게 할 필요 없지
눈처럼 흰 매화는 본래 수줍으면서도 아름답기 때문에
경국지색의 아름다움 출중하여
비경과 벽옥이 알아보고 놀라네
서로 돌아보며 정을 품고 눈물 몰래 떨구는데
아직 이별의 어려움을 모르니 가련하구나
아득한 이 밤 향기로운 누각을 이별하여
떠나는 행장 차마 보지 못하겠네

欲作長歌一送君,
未曾搦管淚先紛.12)
追思昔日同遊處,
惆悵於今各自分.
昔日同遊同笑語,
依依朝夕無愁苦.
春閣連几學弄書,
秋床共被聽風雨.
更憶此時君最小,
風流早已仙姿嫋.13)
雪句裁成出衆中,14)
新詞欲和人還少.
往事悠悠空自思,
從今難再不勝悲.
休題往日今難再,
但願無愆別後期.
別後離多相見稀,
人生不及雁行飛.

---

12) 搦(닉): 잡다.
13) 嫋(뇨): 어여쁘다.
14) 이 구는 여성의 문학적 재능이 뛰어남을 비유한다. 동진(東晋)시대 사안
(謝安)이 집안의 자제들이 모인 자리에서 마침 눈이 내리는 것을 보고
"흰 눈이 분분히 날리는 것이 무엇과 비슷한가?(白雪紛紛何所似)"라고
묻자 조카 사랑(謝朗)이 "소금을 공중에 흩뿌리는 것과 같습니다.(撒鹽
空中差可擬)"라고 했다. 그러자 사랑의 사촌여동생 사도온(謝道韞)이
"버들 솜이 바람에 날리는 것만 못합니다.(未若柳絮因風起)"라고 대답하
여 사안이 크게 기뻐하며 칭찬했다고 한다.

긴 노래 지어 그대 전송하려는데
피리 잡기도 전에 눈물이 먼저 분분히 흐르네
옛날 함께 노닐던 곳 생각해보니
오늘 각기 헤어짐이 슬퍼라
옛날에 함께 노닐며 함께 웃고 얘기할 적에
아침저녁으로 시름과 고통 없었지
봄 누각에 책상 나란히 하고 글쓰기 배우고
가을 침상에 이불 같이 덮고 비바람 소리 들었지
더욱 생각나네, 이때 그대 가장 어렸지만
풍류는 이미 선녀의 자태처럼 고왔었지.
눈을 읊은 구절 이루어지자 무리 중에 빼어났고
새로 지은 사에 화답한 사람 적었지
아득한 지난 일 부질없이 생각하니
이제 다시 하기 어려워 슬픔을 견디지 못하겠네
지난 시절 이제 다시 오기 어렵다고 말하지 말고
다만 이별 후 만날 기약 어그러지지나 말기를 바란다
이별한 뒤에는 헤어짐은 길고 만남은 드물테니
인생살이에 형제가 함께하기는 어렵다네

杳杳離情隨去棹,
綿綿別恨欲牽衣.
戀別牽衣不可留,
揚帆鼓吹溯中流.
可憐此去應歡笑,
莫爲思家空自愁.

유유한 이별의 정 배따라 가며
가없는 이별의 한으로 옷을 잡아당기려 하네
이별이 안타까워 옷을 잡아당겨도 머무르게 할 수 없어
돛을 올리고 음악소리에 물을 저어가네
이 이별을 마땅히 기뻐해야하니 가련하구나
집 생각에 부질없이 근심하지 말기를

【해제】1632년 여동생 엽소란과 장입평(張立平)의 결혼식을 앞두고 지은 시이다. 결혼을 축하하는 내용은 없고 결혼으로 인한 이별의 슬픔을 주로 묘사하였다. 함께 공부하고 시를 주고받으며 친구처럼 사이좋게 지냈던 여동생과의 이별을 못내 아쉬워하는 언니의 마음이 잘 드러나 있다. 동생의 아름다운 자태, 뛰어난 문학 재능을 찬양하고 함께 한 행복했던 지난날을 회상하였다. 이별의 슬픔을 가누기도 힘겨운데 동생이 결혼하는 것이니 마땅히 기뻐해야한다는 말에 시인의 아픔이 고스란히 드러난다.

# 秋日村居次父韻作八首　其二

羅幃光可鑒，
明月洞房開.
木榻藏書卷，
疏花對酒杯.
但聽蟬漸寂，
不問雁初來.
蕭瑟西風裏，
憑几自快哉.

# 가을에 시골에서 거하며 아버지의 시에 차운하여 짓다 여덟 수  제2수

비단 휘장에 빛이 보이니
밝은 달이 신혼방을 여네
나무 침상에 책과 두루마리 감추고
성긴 꽃 대하고 술잔 드네
매미 소리 차츰 고요해지는 소리 들을 뿐
기러기 오는 때는 묻지 않네
소슬한 가을바람 속에
책상에 기대니 절로 즐겁구나

【해제】숭정(崇禎) 4년(1631)년 8월 아버지 엽소원이 관직에서 물러나 고향에서 은거할 때, 이반룡(李攀龍)의 「가을에 시골에서 거하며(秋日村居)」를 모방하여 지은 시에 화답한 연작시 8수 중 제2수이다. 심의수, 엽소환, 엽소란 등 다른 가족들의 화답시도 있다. 행복한 시골 생활에서 느끼는 소박한 만족이 흘러넘친다. 이제 가족과 함께하니 기러기가 전하는 편지를 기다릴 필요도 없고, 책을 읽으며 은거하는 한가로운 삶의 즐거움으로 가득함을 노래하였다.

## 秋日村居次父韻作八首　其四

荻花兩岸晚,
秋色曠無邊.
薜荔裁衣淨,<sup>15)</sup>
煙霞入佩鮮.
魚書江上水,
蝶夢故園天.
蒓菜新堪寄,<sup>16)</sup>
家風五柳偏.

15) 薜荔(벽려): 넝쿨 이름. 학명은 Ficus pumila Linn.
16) 蒓菜(순채): 진(晉) 장한(張翰)이 낙양에서 벼슬살이 하다가 고향에서 먹
던 순채국과 농어회가 그리워 벼슬을 버리고 떠났다는 이야기에서 유래
한 것으로 고향을 그리는 마음, 귀은(歸隱)의 뜻을 나타낸다. 남조(南朝)
송(宋) 유의경(劉義慶)의 『세설신어(世說新語)·식감(識鑑)』에 "장한(張翰)
이 제왕(齊王) 사마경(司馬冏)의 동조연(東曹掾)으로 부름을 받아 낙양에
있을 때 가을바람이 이는 것을 보자 고향 오중(吳中)의 줄풀국과 농어
회가 생각나서 '인생에서 귀한 것은 뜻에 만족함을 얻는 것인데, 어찌
수 천리 떨어진 곳에서 벼슬살이하면서 명예와 작위를 구하겠는가?'라
하고는 수레를 몰아 돌아갔다(張季鷹辟齊王(司馬冏)東曹掾, 在洛, 見秋風
起, 因思吳中蒪菜羹鱸魚膾, 曰, 人生貴得適意爾, 何能羈宦數千里以要名
爵, 遂命駕便歸)"라는 구절이 있다.

## 가을에 시골에서 거하며 아버지의 시에 차운하여 짓다 여덟 수   제4수

억새꽃 핀 양안에 해 저무니
광활한 가을빛 끝이 없어라
벽려로 옷 만드니 말갛고
노을을 패옥에 들이니 고와라
강물에 물고기 편지
옛 정원 하늘에는 나비꿈
순채나물 새로 부칠 만한데
가풍은 오류선생으로 기울었네

【해제】 귀향하여 은거하는 즐거움을 노래했다. 제1연은 가없는 가을 풍경을 제2연은 벽려 옷과 노을 패옥으로 은거하는 사람을 묘사했다. 제3연은 아버지와 서로 헤어져 편지를 주고 받으며 그리워했던 지난날을 회상했고, 제4연은 현재 누리는 은거생활의 즐거움을 도연명의 은거에 비유하였다.

## 梨花二首　其一

家有舊室, 敝甚, 余稍修葺之, 求一齋名於老父, 父曰, 汝庭外
梨花數樹, 今如此老幹蒼枝, 皆汝太翁手植也.<sup>17)</sup> 我昔與汝翁
嚼花醉月其下, 今杳不可得矣. 王融梨花詩有 '芳春照流雪'之
句, 可名芳雪軒. 余因漫作二首呈父.


亞粉濛茸透箔融.<sup>18)</sup>
盈盈流雪綴芳叢.<sup>19)</sup>
窓前長鎖三春月,
林下相尋一逤風.
夢對池塘春草碧,
香飄庭樹暮煙空.
新來幾陣黃昏雨,
門掩愁消玉鏡中.

---

17) 太翁(태옹): 증조부, 조부.
18) 亞(아): 아래로 드리워지다.
　　濛茸(몽용): 초목이 무성한 모양.
　　箔(박): 대나무, 갈대, 수수깡 등으로 만든 발.
19) 盈盈(영영): 가득하다. 빛나다.

# 배꽃 두 수  제1수

집에 오래된 방이 있는데 매우 낡았다. 내가 그것을 조금 수리하여 아버지께 이름을 지어달라고 청했다. 아버지가 "너의 뜰 밖 여러 그루 배나무가 지금 이렇게 오래된 것은 모두 너의 할아버지가 손수 심은 것이다. 내가 옛날에 너의 시아버지와 함께 그 아래서 꽃을 씹으며 달에 취했었는데 지금은 이미 묘연하여 찾을 수 없게 되었구나. 왕융의 「이화」시에 '향기로운 봄 흐르는 눈을 비추네' 라는 구절이 있으니 방설헌이라고 이름 붙여주마" 라고 하셨다. 그래서 대충 시 두 수를 지어 아버지께 드린다.

무성한 꽃송이 발 사이로 들어와 엉기고
가득히 흐르는 눈 꽃떨기에 맺혔네
창 앞에 석 달 봄을 오래 가두고
숲 아래서 길에 가득한 바람을 찾는다
꿈에 마주한 못에 봄풀 푸르고
향기 날리는 뜰 정자에 저녁놀 지네
새로 몇 차례 저녁 비 내려
문 닫고 옥거울 속에 시름 달래네


【해제】 자신의 거처에 아버지가 방설헌이라는 이름을 지어준 것을 기념하여 지은 2수의 연작시 중 제1수이다. 뜰에 흩날리는 하얀 배꽃으로 인해 '향기로운 눈'이라는 이름을 얻었다. 전반부는 분분히 날리는 배꽃, 길에 가득 부는 바람, 향기 가득한 뜰이 어우러져 시인이 사는 공간의 아름다움을 드러냈다. 후반부는 푸른 봄풀로 인해 일어나는 그리움과, 내리는 비에 떨어지는 꽃을 차마 보지 못하여 방문 닫고서 가는 봄을 슬퍼하는 마음을 읊었다.

## 庚午秋父于京中寄詩歸同母曁兩妹賡作

讀罷家書反更嗟,
可憐歸計又應睽.
愁心每幸人皆健,
望眼頻驚物換華.20)
淚向來詩長自落,
夢隨去雁幾回斜.
天涯客邸惟珍重,
但願加餐莫憶家.

---

20) 物華(물화): 자연경물.

# 경오년 가을 아버지가 북경에서 시를 부쳐서 어머니와 두 여동생과 함께 화답하여 짓다

집에 부쳐온 편지 읽고 도리어 더욱 탄식하니
돌아올 계획 또 멀어져 슬퍼요
시름겨운 마음에 매번 가족들 건강함을 다행으로 여기며
변하는 풍경을 바라보며 자주 놀란답니다
보내온 시에 늘 눈물이 절로 떨어지고
꿈은 떠나는 기러기 따라 몇 번이나 기울었는지요
하늘 끝 객사에서 오직 보중하시고
진지 잘 드시고 집 생각은 마세요

【해제】 숭정(崇禎) 3년(1630) 아버지 엽소원(葉紹袁)이 조양문성수(朝陽門城守)로 재직하면서 보내온 편지에 화답한 시이다. 어머니 심의수와 여동생 엽소환과 엽소란의 화운시도 있다. 당시 엽소원은 청나라 군대가 영평(永平)을 공략해 들어와 긴급한 상황에 놓여있었는데, 그러한 아버지를 위로하는 딸의 염려가 묻어난다. 집으로 돌아온다는 기약은 어긋났지만 아버지와 가족들 모두가 건강함을 다행으로 여기며 스스로를 위로하고, 집 걱정은 하지 말라고 아버지를 안심시킨다.

## 立春二首　其二


臘向愁中盡,[21]
春從夢裏來.
忽驚雙紫燕,
獨上美人釵.

---

# 입춘 두 수  제2수

섣달은 수심 속에 다 하고
봄은 꿈속에서 오누나
문득 놀라는 건
제비 한 쌍
홀로 미인의 비녀 위에 올라와서라

【해제】 입춘을 맞아 봄을 맞이하는 마음을 노래하였다. 수심 속에 연말을
보내고 새로 시작되는 봄, 그 봄이 꿈속에서부터 온다는 표현이 참신하다.
입춘은 음력으로 1월이니 봄은 아직 체감되지 않건만 사람들은 입춘이면
벌써 봄을 꿈꾼다. 마지막 두 구는 비녀 머리에 제비장식을 꽂는 입춘 풍
속을 가리킨다.

## 夢中思隱作

有恨隨流水,
無緣去入山.
登樓空極目,[22]
惟羨白雲閒.

---

22) 極目(극목): 눈길 닿는 데까지 바라보다.

# 꿈속에서 은거를 생각하며 짓다

물 따라 흐르는
한은 있으나
산으로 들어갈
인연은 없구나
누대에 올라
부질없이 멀리 바라보니
부럽기만 하네
한가로운 흰 구름

【해제】 세상을 버리고 산에서 은거하기를 소망하지만 이루어지지 않는 마음을 노래하였다. 소망하는 일은 이루어질 인연이 없고, 그로부터 생긴 한만 물처럼 끝없이 흐른다. 그래서 어디에도 얽매이지 않는 구름이 제일 부럽다.

## 暮春赴嶺西途中作二首　其二

故園別後正春殘,
陌上鶯花帶淚看.
何處鄉情最悽切,
孤舟日暮泊嚴灘.[23]

---

23) 嚴灘(엄탄): 엄릉뢰(嚴陵瀨). 동한(東漢) 엄광(嚴光)이 은거하며 낚시하던
곳으로 지금의 절강성(浙江省) 동려현(桐廬縣) 남쪽에 있다. 엄광은 광
무제가 제수한 간의대부(諫議大夫)직을 사양하고 평생 출사하지 않고
은거한 것으로 유명하다.

# 늦봄 영서로 가는 도중에 짓다 두 수   제2수

옛 뜰을 떠나온 뒤
마침 봄이 스러지니
길가에 꾀꼬리와 꽃
눈물 띠고 바라보네
고향 그리는 정
어디가 제일 처절한가
저물녘 엄탄에 정박한
외로운 배라네

【해제】 결혼한 이듬해(1627) 시아버지 원엄이 영서지역의 광주(廣州)로
발령받아 남편과 함께 시아버지를 따라 가는 길에 지은 시이다. 원엄은 그
곳에서 세상을 떠났다. 봄이 다 가는 때 정든 고향을 떠나 이역으로 떠나
는 슬픈 마음이 잘 드러나 있다. 지는 봄도 서러운데 고향을 떠난 나그네
가 되니 그 처절함은 어디에도 비길 데가 없다.

## 寄妹

何事寥寥音信疏,[24]
故園春色近何如.
相思不啻經年別,
舊約堪憐已是虛.

---

## 여동생에게 부치다

무슨 일로 소식이 뜸하니
집 정원에 봄빛은 요즘 어떠니
그리움은 다만
해 지난 이별 때문만이 아니라
예전 약속
이미 허언되어
슬퍼서 그런 거야

【해제】 전반부는 친정집에 대한 그리움을, 후반부는 그리운 이유를 설명했다. 여동생의 편지가 뜸하여 서운하고, 그 옛날 동생들과 함께 했던 친정집의 봄 풍경도 그립다. 한 해가 지나도록 만나지 못하고, 또 친정집에 가지 못해 낙담한 시인이 가련하다.

## 初夏懷寄兩妹


別來蓂莢一番新,25)
笑語分明入夢頻.
景色淸和獨惆悵,
含情幾度欲沾巾.

---

25) 蓂莢(명협): 중국 요임금 때 났다는 전설상의 상서로운 풀로 30일의 흐
름을 보여주었다고 한다. 달력을 비유하는 말. 초하루부터 보름까지 하
루에 한 잎씩 났다가, 열엿새부터 그믐까지 하루에 한 잎씩 떨어지고,
작은달에는 마지막 한 잎이 시들기만 하고 떨어지지 않았다 하여, 달력
풀 또는 책력 풀이라고도 하였다.

# 초여름 두 여동생이 그리워 부치다

이별한 뒤
달력풀 새로 한 번 바뀌니
웃고 얘기 하던 모습
꿈에 자주 분명하게 보인다
풍경은 맑고 화창한데
홀로 서글퍼
정 때문에
몇 번이나 수건에 눈물 적신다

【해제】 여동생 엽소환과 엽소란을 그리는 마음을 노래하였다. 헤어진 지 한 달이 흐른 뒤에도 여전히 꿈에 자주 보이는 그 모습에 그리움이 더욱 깊어져 눈물 흘린다. 자매간의 우애가 매우 돈독했음을 알 수 있다.

## 七夕詠牛女二首　其二


拂鏡開奩畫翠眉,[26]
妝成人出紫雲帷.
一宵相晤經年別,
最是歡時獨更悲.

---

26) 奩(렴): 화장 도구를 넣어두는 상자.

# 칠석날 견우와 직녀를 노래하다 두 수  제2수

거울 닦고 화장 상자 열어
푸른 눈썹 그리고
단장 마치자
붉은 구름 휘장에서 나오네
하룻밤 만나고
한 해 동안 이별해야하니
가장 즐거울 때
유독 더 슬퍼지네

【해제】 견우와 직녀의 사랑이야기를 노래한 2수의 연작시이다. 견우와 직녀의 긴 이별에 비해 너무 짧은 해후라 만남의 기쁨에는 더 큰 슬픔이 내재한다. 엽소란에게도 같은 운자를 쓴 시 「견우직녀를 노래하다(詠牛女)」 2수가 있다.

## 暮秋有感別家

感西風之搖落兮,
奈愁來以塡膺.[27)]
桂猶芬而菊芳兮,
悵離恨之難勝.

---

# 늦가을 집을 떠나며 느낌이 있어

서풍에
만물이 쇠락함을 느끼니
어찌하나
시름이 밀려와 가슴을 메우네
계수나무와 국화
여전히 향기롭건만
이별의 한 때문에
슬픔을 이길 수 없어라

【해제】 늦가을 친정집을 떠나며 견딜 수 없는 이별의 슬픔을 이소체(離騷體)로 노래하였다. 전반부는 가을바람에 요락하는 풍경에 가슴 가득한 시름이 밀려옴을 읊었고, 후반부는 향기로운 꽃과 나무가 있어도 이별의 한을 달래주지는 못함을 노래했다.

## 寄瓊章妹二首　其一

前日別後登舟，汾湖風景可玩，28) 惆悵不能相同，偶成二絕

平波萬頃澄如鏡，
煙樹參差兩岸分．
回首故園何處是，
不堪腸斷不同君．

---

28) 汾湖(분호): 강소성(江蘇省) 오강(吳江)과 절강성(浙江省) 가선(嘉善)의
경계에 있는 호수로 반은 강소성에 반은 절강성에 속한다. 엽환환의 집
이 분호 가에 있었다.

## 여동생 경장에게 부치다 두 수  제1수

전날 이별 후 배에 오르니 분호의 풍경이 감상할 만하였다. 함께 할 수
없어 슬퍼하다가 우연히 절구 2수를 지었다.


평평한 만경창파
거울처럼 맑은데
안개 서린 나무
들쭉날쭉 양 언덕에 나눠있네
고개 돌려 보니
어디가 집인가
너와 함께 하지 못해
애만 끊어지네


【해제】 친정집에 갔다가 돌아가는 길에 아름다운 경치를 대하고 동생 엽
소란과 함께 향유하지 못함을 안타까워하였다. 이 시를 받은 엽소란은 분
명 언니의 따뜻한 마음에 깊이 감동했을 것이다.

## 哭亡妹瓊章十首　其二

別酒同傾九日前,
誰知此別卽千年.
疏香閣外黃昏雨,
點點苔痕盡黯然.<sup>29)</sup>

---

29) 黯然(암연): 어두운 모양. 슬퍼서 정신이 아득한 모양.

# 죽은 동생 경장을 곡하며 10수  제2수


구일 전에
이별주 함께 기울였건만
누가 알았으리
이렇게 천년의 이별이 될 줄
소향각 밖
비 내리는 황혼
점점의 이끼 흔적
모두 암연하네


【해제】 동생 엽소란의 죽음을 애도한 연작시 10수 중 제2수이다. 9일전의
이별이 천년의 이별이 되어버린 현실 앞에 망연한 마음을 읊었다. 그 암담
한 마음을 동생의 거처였던 소향각에 내리는 저녁비에 모든 것이 사위어
가는 이미지를 빌어 표현했다. 그런데 엽소란 사후 두 달 남짓 지나자 엽
환환도 세상을 떠나버렸다. 아버지 엽소원은 이를 두고 '천년의 이별'이
겨우 칠십일에 지나지 않았다며 애통해했다.

# 哭亡妹瓊章十首　其六

纔賦催妝卽挽章,30)
蒼天此恨恨何長.
玉樓應羨新彤管,31)
留得人間萬古傷.

---

30) 催妝(최장): 최장시(催妝詩). 옛날 결혼식 전에 결혼을 축하하며 신부 화
　　장을 재촉하는 시.
31) 玉樓(옥루): 천제나 신선이 거주하는 곳.
　　彤管(동관): 붉은 대롱의 붓. 고대 여사(女史)가 사건을 기록할 때 사용
　　했다. 여성이 쓴 문장이나 저술을 가리킨다.

# 죽은 동생 경장을 곡하며 10수  제6수


결혼 축하시 이제 겨우 읊조렸는데
만가를 쓰게 되다니
저 푸른 하늘이 내린
이 한은 어찌 이리 기나
옥누대에서는
붉은 새 붓을 부러워하겠지만
인간 세상에는
만고의 상심을 남겼네


【해제】 동생 엽소란의 죽음을 애도한 연작시 10수 중 제6수이다. 결혼 축
하시를 막 완성하자 세상을 떠나버린 동생. 이제는 동생을 애도하는 만가
를 짓고 있다. 이 기막힌 운명으로 인해 하늘에 대한 원망은 길디길다. 하
늘나라에서는 모두 문재 뛰어난 동생을 부러워하겠지만, 인간 세상에 남
은 가족에게는 만고의 상심만이 남았다. 아버지 엽소원은 '푸른 하늘이 내
린 이 한'이 결국은 엽소환 자신의 이야기가 되고 말았다며 슬퍼했다.

## 哭亡妹瓊章十首　其八

數載相依姊妹情,
一朝霜露別離輕.
瑤琴空怨思歸引,<sup>32)</sup>
書卷誰將再品評.<sup>33)</sup>

---

32) 思歸引(사귀인): 거문고 곡 이름. 한(漢) 채옹(蔡邕)의 『금조(琴操)·사귀
인(思歸引)』에 의하면 춘추(春秋) 시기 소왕(邵王)이 위(衛)나라 제후의
딸을 아내로 맞아들였는데 그녀가 도착하기 전에 죽어버렸다. 공주가
도착하자 태자가 공주에게 머물러달라고 부탁했으나 듣지 않았다. 태자
가 그녀를 궁궐 깊은 곳에 유폐시켜버리자 공주가 돌아가고 싶은 마음
을 거문고를 켜며 노래한 곡이라 한다.
33) 書卷(서권): 손수 쓴 글.

# 죽은 동생 경장을 곡하며 10수  제8수

몇 년이나 서로 의지하며
정 깊었던 우리 자매
하루아침에 맞닥뜨렸네
서리와 이슬처럼 가벼운 이별
옥 거문고로 사귀인 곡 연주하며
부질없이 원망하니
내가 쓴 글
이제 누가 품평해주려나

【해제】 동생 엽소란의 죽음을 애도한 연작시 10수 중 제8수이다. 우애가
돈독하여 서로 의지했던 동생과의 영원한 이별을 '서리와 이슬처럼 가벼
운 이별'이라 표현한 데서 시인의 깊은 한을 느낄 수 있다. 급작스럽게,
너무도 가볍고 허망하게 사라져 버린 동생의 죽음은 해가 뜨면 흔적도 없
이 사라져 버리는 이슬과 같다. 각자 지은 글을 서로 품평해주던 단짝이었
는데 이제 누가 자신이 쓴 글을 읽어줄까? 이렇게 엽소란은 엽환환에게
동생이면서 자신의 글을 이해해주는 지음이기도 했다.

# 梅花十首　其六

霜雪無情幾度侵,
亭亭秀出歲寒心.34)
揚州何遜曾留戀,35)
惆悵離騷不入吟.36)

---

34) 秀出(수출): 미모나 덕이 출중하다. 빼어나다.
　　歲寒心(세한심): 곤경에 굴하지 않는 지조와 절개.
35) 揚州何遜(양주하손): 이 구는 남조(南朝) 양(梁)나라 하손의 「양주법조에 매화가 만발하여(揚州法曹梅花盛開)」 시를 말한 것이다. "아름다운 정원이 시절의 변화를 드러내는데, 그 중에 가장 놀라운 것은 매화이다. 서리 머금고 길가에 피며, 눈 내리는 추위에도 피어난다. 매화가지 각월관을 가로지르고, 매화꽃은 능풍대를 에워쌌네. 아침에는 진황후처럼 장문궁에서 눈물 뿌리고, 저녁에는 사마상여처럼 임공현에서 술잔드네. 흩날려 떨어질 것을 진작에 알고서, 이른 봄부터 서둘러 피었네.(兎園標物序, 驚時最是梅. 衘霜當路發, 映雪擬寒開. 枝橫却月觀, 花繞凌風臺. 朝灑長門泣, 夕駐臨邛杯. 早知應飄落, 故逐上春來.)"
36) 離騷(이소): 전국시대 초나라 굴원(屈原)의 초사(楚辭) 작품 제목. 굴원이 왕에게 충성을 다했으나 간신의 참소를 받아 추방된 후, 우국충정과 실의한 마음을 미인과 향초의 이미지를 빌어 노래하였다. 충신연주지정(忠臣戀主之情)의 효시가 되는 작품이다.

# 매화 열 수  제6수

무정한 서리와 눈
몇 번이나 들이닥쳐도
세한을 견디는 지조
우뚝 빼어나네
일찍이 양주의 하손이
사랑하였으나
슬픈 이소는
이 꽃을 읊지 않았지

【해제】 매화를 노래한 10수의 연작시 중 제6수이다. 추위 속에서 의연히 피어나는 매화는 많은 시인들로부터 찬미되어왔다. 명나라 시인 고계(高啓)는 「매화」 시에서 "하손이 떠난 이후 좋은 시 없어서 봄바람 속에 몇 번이나 쓸쓸하게 피었던가(自去何郎無好詠, 東風愁寂幾回開)"라고 하며 일찍이 가장 빼어난 작품으로 하손의 시를 꼽았다. 시인은 불현듯 굴원의 「이소」는 매화를 읊지 않았다는 것을 떠올렸다. 어떤 고난에도 굴하지 않는 절개를 노래한 「이소」에 매화가 등장하지 않는 이유가 무엇일까? 그것이 궁금해졌다.

## 梅花十首　其八


羅浮夢裏最風流,37)
月落參橫萬種愁.38)
別後香魂應化蝶,
年年飛向嶺頭遊.

37) 羅浮夢(나부몽): 나부산의 꿈이라는 뜻으로 매화에 얽힌 전고이다. 전칭
당(唐) 유종원(柳宗元)의 『용성록(龍成錄)』에 의하면, 수(隋) 개황(開皇)
연간 조사웅(趙師雄)이 나부산(羅浮山)에서 우연히 한 여인을 만나 이야
기를 나누었는데 그녀의 말이 맑고 아름다우며 향기가 났다. 함께 술을
마시고 취했다가 깨어보니 큰 매화나무 아래에 있었다고 한다.
38) 參橫(삼횡): 삼성(參星)이 가로로 기운다는 뜻으로 밤이 깊었음을 가리
킨다.

# 매화 열 수  제8수


나부산의 꿈

가장 풍류 있지

달 지고 삼성이 기우니

만 가지 수심 인다

이별 후 향기로운 혼은

분명 나비로 화하여

해마다 고개 위에서

날아다니며 노닐거야


【해제】 매화를 노래한 10수의 연작시 중 제6수이다. 매화와 관련된 아름
다운 사랑이야기를 끌어와 봄밤에 이는 춘심을 노래했다. 매화꽃이 흩날
리는 모습을 나부산의 미녀가 변한 나비가 날아다니는 모습에 비유하였
다. 매화가 화한 미녀, 미녀가 화한 나비가 서로 엇섞여 환상적인 아름다
움을 자아낸다.

## 茉莉花39)

江城五月笛聲秋,
似落梅花帶雪浮.
日暮風淸開徹處,
月明香浸一庭幽.

───────────────────

39) 茉莉花(말리화): 자스민. 학명은 Jasminum sambac. 물푸레나무과의 상록
    관목. 봄부터 가을까지 흰색 꽃이 피는데 향기가 아름답고 강하다. 중국
    에서는 꽃봉오리를 따서 건조시켜 차의 착향에 쓴다.

# 말리화

강남의 오월
피리 소리 시름겨운데
마치 떨어진 매화처럼
하얗게 떠있네
저물녘 맑은 바람 부는
꽃 활짝 핀 그곳
밝은 달빛 아래 향기 서려
뜨락은 그윽하여라

【해제】 사람들에게 널리 사랑받는 말리꽃의 향기를 찬미하였다. 말리꽃은
향이 아름다워 중국에서는 녹차와 함께 블렌딩한 말리화차로 널리 음용되
었다. 말리화차는 우리나라에는 자스민 차로 알려져 있다. 달 밝은 밤 정
원 가득한 말리꽃 향기에 취한 시인의 모습이 그려진다.

# 竹枝詞十首　其一

湖月團團湖水淸,
春來春去幾陰晴.[40]
不知多少風波起,
斷送行人白髮生.[41]

---

40) 陰晴(음청): 흐리고 맑음. 득의와 실의함을 비유한다.
41) 斷送(단송): 전송하다.

# 죽지사 10수   제1수

호수에 뜬 달 둥글둥글
맑은 호수에
봄이 오고 봄이 가며
몇 번이나 흐리다가 맑다가
얼마나 많은 풍파가 일었는지
길 떠나는 이 전송하다 백발이 났네

【해제】 분호(汾湖)의 풍경을 노래한 「죽지사」 10수 중 제1수이다. 호수에
흘러가는 시간의 변화와 이별의 슬픔을 노래했다. 계절이 오가고, 흐린 날
개인 날이 서로 교대하며 바람 따라 파도 이는 이 곳에서 얼마나 많은 사
람들을 전송했는지 그 이별의 슬픔으로 백발이 생겼다. 엽소란의 「죽지사
8수」가 현존하고, 엽소환의 「분호죽지사(分湖竹枝詞)」 10수가 있었는데
그중 3수가 전해지는 것으로 보아 세 자매가 함께 같은 제목의 시를 지으
며 서로의 문재를 겨루었던 것으로 보인다.

# 竹枝詞十首　其三

繞岸靑靑楊柳枝，
煙絲長向白鷗歈.
臨流盡日垂金縷，
不向春風贈別離.

# 죽지사 10수  제3수


강둑 두른
버들가지 푸릇푸릇
안개처럼 자욱한 긴 실가지
흰 갈매기 향해 기울었네
물가에서 종일토록
금실 드리우고
봄바람과 이별하지 않네


【해제】 강둑에 늘어선 버들가지를 노래했다. 봄바람에 흔들리는 버들가지를 '안개 같은 실가지', '금실'로 묘사했다. 끊임없이 불어대는 봄바람에 흔들려 강물을 스치는 버들가지를 바라보다 버들가지는 결코 봄바람과 헤어지지 않음을 깨닫는다. 서로 이별할 때 꺾어주는 버들가지이지만 봄바람과는 결코 이별하지 않는다는 발상이 신선하고 재미있다.

# 竹枝詞十首　其七

霜染楓林葉半疏,
碧天寥廓雁來初.[42)]
家家煮蟹沽村酒,
遇得豊年樂有餘.

---

## 죽지사 10수    제7수

서리에 물든 단풍 숲
나뭇잎 성글어가니
광활한 푸른 하늘에
기러기 날아오기 시작하네
집집마다 게 찌고
시골 술 사마시니
풍년이라
즐거움 넘치네

【해제】 가을의 풍요로운 수확을 노래했다. 전반부는 가을 풍경을, 후반부
는 풍년을 즐기는 촌민들의 기쁨을 읊었다. 호수에서 잡은 게 삶고 술 마
시며 즐기는 모습이 소박하고 넉넉해 보인다.

# 엽환환葉紈紈 사詞

꿈꾸는 넋
옅은 배꽃을 길이 맴도나니
몇 번이나 거울 보며
남몰래 슬퍼하였나

# 浣溪沙

**春恨十四首　其四**

清晝沈沈掩碧紗. 43)
困慵梳洗髻鬆鴉.
蕙爐閒裊篆煙斜.

剪剪輕寒生繡戶, 44)
霏霏細雨著庭花. 45)
一窓新夢晚風賒.

---

43) 沈沈(침침): 적막하여 소리도 없는 모양.
44) 剪剪(전전): 바람이나 한기가 스며드는 모양.
45) 霏霏(비비): 눈비가 성하게 오는 모양.

# 완계사

춘한 14수   제4수

고요한 맑은 대낮에 푸른 비단 가리고서
머리 빗고 세수하기 귀찮아 쪽머리가 깃 빠진 까마귀 꼴
혜초 향은 한가로이 어른대고 전자 향은 기울어지네.

오슬오슬 가벼운 추위가 수놓인 문에 생겨나고
부슬부슬 이슬비가 정원 꽃에 달라붙는데
창가의 새로운 꿈은 저녁바람에 멀어지네.

【해제】춘한을 노래한 14수 가운데 제4수이다. 상편은 적막한 한낮의 풍경을 묘사하였고, 하편은 비 내리며 추워지는 날씨에 꿈을 깬 것을 노래하였다. 자신의 모습을 '깃 빠진 까마귀[鬆鴉]'에 비유한 것이 재밌으면서도 슬프다.

# 浣溪沙

## 春恨十四首　其六

芳草依依道路斜.[46]
白雲何處是仙家.
空餘遠碧暮天賒.[47]

紅淚滴殘淸夜月,
夢魂長繞淡梨花.
幾番臨鏡黯傷嗟.

---

46) 依依(의의): 가볍고 부드럽게 스치는 모양.
47) 遠碧(원벽): 요원한 검푸른 어둠. 멀리부터 땅거미가 지기 시작하
　　는 것을 가리킨다.

# 완계사

## 춘한 14수 　제6수

향기로운 풀은 경사진 길에서 살랑살랑
흰 구름 그 어디가 신선의 거처일까
먼 저녁하늘에 부질없이 아득한 어둠만 남았구나.

붉은 눈물 밤의 맑은 달빛 속에 다 흘리고
꿈꾸는 넋 배나무 엷은 꽃을 길이 맴도나니
몇 번이나 거울 보며 남몰래 슬퍼하였나.

【해제】 춘한을 노래한 14수 가운데 제6수이다. 상편은 저녁하늘을 바라보며 신선의 거처를 더듬어본 일을 노래하였고, 하편은 달이 뜨거나 꽃이 필 때 남몰래 슬퍼한 것을 노래하였다. 신선의 거처마저 요원하기 때문에 춘한이 더욱 깊어진 듯하다.

# 浣溪沙

## 春恨十四首　其七

昨夜輕寒透薄羅.
曉來微雨忽相過.
紅英一半已看無.

好句漫成嫌未切,
那知總爲恨難模.
日長雙黛奈顰何.

# 완계사

춘한 14수   제7수

어젯밤 가벼운 추위가 얇은 비단옷에 스미고
날 밝으며 이슬비가 문득 지나더니
붉은 꽃이 절반이나 벌써 보이지 않누나.

좋은 구절 넘쳐나도 절실하지 않아 싫은데
결국 한 때문에 쓰기 어려울 줄 어찌 알았으랴
긴 날에 두 눈썹이 찌푸려지는 것을 어이하랴.

【해제】 춘한을 노래한 14수 가운데 제7수이다. 상편은 봄추위와 봄비에 벌써 꽃이 많이 떨어졌음을 말하였고, 하편은 글을 쓰려 해도 춘한 때문에 여의치 않은 것을 노래하였다. 하편은 반문(反問)을 두 번 활용하여 춘한을 강조하였다.

# 浣溪沙

**春恨十四首　其十二**

日日枝頭墮粉香.
東君何事苦匆忙.
鳥啼花落送韶光.

淚魘翠山情杳杳,[48]
悶連靑海思茫茫.
含嚬無語立斜陽.

---

# 완계사

## 춘한 14수   제12수

날마다 가지 끝에 꽃가루 떨어지는데
봄 신령은 무슨 일로 이리 심히 바쁘신가
새 울고 꽃 지면서 아름다운 봄 보내노라.

눈물 줄어든 초록 산처럼 정은 막막해지고
고민 이어진 푸른 바다처럼 그리움 아득해지는데
찡그린 채 말없이 석양 속에 서있노라.

【해제】 춘한을 노래한 14수 가운데 제12수이다. 상편은 봄이 빨리 지나감을 노래하였고, 하편은 산과 바다처럼 깊고 넓은 수심 때문에 홀로 서있는 모습을 노래하였다. 하편 첫 구의 '축(蹙)'자는 눈물이 더 이상 나지 않는 상황인지 산이 눈물어린 눈에 작게 비치는 모습인지 분명하지 않은데, 그래서 묘하다.

# 浣溪沙

**同兩妹戲贈母婢隨春　其一**

楊柳風初縷縷輕.
曉粧無力倚雲屏.
簾前草色最關情.

欲折花枝嗔舞蝶,
半回春夢惱啼鶯.
日長深院理秦箏.

# 완계사

두 자매와 함께 어머니의 시종 수춘에게 장난삼아 주다   제1수

버들가지 바람만 스쳐도 올올이 가벼운데
새벽 단장 하고 힘없이 운모 병풍에 기대니
주렴 앞의 풀빛에 제일로 마음 가는 듯.

꽃가지 꺾으려다 춤추는 나비에게 화내고
봄꿈에서 반쯤 깨어 꾀꼬리소리에 고민하다
해 길어진 깊은 정원에서 진땅의 쟁을 가다듬네.

【해제】 어머니의 시종 수춘을 노래한 두 수 가운데 제1수이다. 상편은 수
춘의 아름다운 모습을 묘사하였고, 하편은 공연히 화를 내고 슬퍼하는 수
춘의 모습을 노래하였다. 엽소란이 먼저 수춘을 노래하자 이에 호응하여
엽소환과 함께 수춘을 노래한 작품이다. 나중에는 어머니 심의수와 아버
지 엽소원까지 수춘을 노래하게 되었다.

# 浣溪沙

前闋與妹同韻，妹以未盡更作再贈　其二

翠黛輕描桂葉新.
柳腰嫋娜襪生塵.[49)
風前斜立不勝春.

細雨嬌聲羞覓婿,
淸矑粉面慣嗔人.
無斷長自惱芳心.[50)

---

49) 襪生塵(말생진): 비단버선에서 먼지가 인다는 나말생진(羅襪生塵)의 줄
　　임말. 위(魏) 조식(曹植)의 「낙신부(洛神賦)」에 "물결 밟듯 가벼운 걸음
　　걸이 비단버선에 먼지 이는 듯(凌波微步, 羅襪生塵)"라는 구절이 있다.
50) 無斷(무단): 일을 처리하는 데 성과가 없다.

# 완계사

**앞 작품은 동생들과 동일한 운인데 동생들이 미진하다 여기기에 한 수 더 지어 다시 주다   제2수**

비취 먹 살짝 그리니 계수 잎이 새로 난 듯
버들 허리 한들거리니 버선에 먼지 이는 듯
바람결에 비스듬히 서서 봄을 이기지 못하네.

이슬비처럼 고운 소리로 수줍어하며 신랑감을 찾고
맑은 눈과 흰 얼굴로 버릇처럼 남에게 화내는데
성과도 없이 늘 꽃다운 마음에 괴로워하네.

【해제】 어머니의 시종 수춘을 노래한 두 수 가운데 제2수이다. 상편은 아름다운 수춘의 미모를 노래하였고, 하편은 애정을 갈구하는 수춘의 모습을 노래하였다. 고운 미모로 수줍어하다가도 툭하면 화를 내는 수춘의 모습이 눈에 생생하다.

# 菩薩蠻

早春日暮, 共兩妹坐小閣中, 時風竹蕭蕭, 恍如秋夜, 慨焉賦此
二首 其一


遲遲暝色籠庭院.
小窓靜掩香猶暖.
風弄竹聲幽.
蕭蕭却似秋.

愁懷長自訝.
共語憐今夜.
舊意與新情.
湘江未是深.

# 보살만

이른 봄 저물녘 두 동생들과 함께 작은 누각에 앉았는데 이때 바람결의 대나무가 서걱거리기에 문득 가을밤 같아서 슬퍼하며 이를 짓노라 두 수   제1수

천천히 땅거미가 정원을 감쌀 무렵
작은 창 고요히 닫혀있어 향은 여전히 따스하네.
바람이 대나무 소리 그윽하게 자아내니
서걱서걱 오히려 가을 같네.

근심스런 심정이 길이 의아하여
함께 말하며 오늘밤을 슬퍼하네.
오래된 생각이 새로운 정과 함께하니
상강도 아직 이처럼 깊지는 않으리.

【해제】 이른 봄날 저녁 바람결의 대나무 소리에 가을을 연상하고 슬퍼지는 심사를 노래한 두 수 가운데 제1수이다. 상편은 이른 봄날 저녁 대나무 서걱거리는 소리가 가을처럼 느껴지는 것을 말하였고, 하편은 봄과 가을이 겹친 것 같은 느낌에 더욱 슬퍼진 심사를 동생들에게 말하는 것을 노래하였다.

# 菩薩蠻

早春日暮, 共兩妹坐小閣中, 時風竹蕭蕭, 恍如秋夜, 慨焉賦此
二首　其二


寂寥小閣黃昏暮.
依依恍若天涯遇.51)
窓外月光寒.
映窓書幾刪.

話長嫌漏促.
香爐應須續.
幾種可傷心.
訴君君細聽.

---

51) 恍若(황약): 마치~과 같다. 방불(彷彿)과 같다.

# 보살만

이른 봄 저물녘 두 동생들과 함께 작은 누각에 앉았는데 이때 바람결의 대나무가 서걱거리기에 문득 가을밤 같아서 슬퍼하며 이를 짓노라 두 수 제2수

쓸쓸한 작은 누각에 황혼 지는 저물녘
연연해하는 모습이 마치 하늘가에서 만난 듯.
창 너머 달빛 싸늘할 때
달빛 어린 창에서 편지를 얼마나 고쳐 썼던가.

할 말 길어 물시계 재촉 싫어지고
향불 심지도 응당 이어져야만 하리.
슬퍼할 만한 온갖 심정을
너희에게 호소하리니 너희는 세심히 듣기를.

【해제】 이른 봄날 저녁 바람결의 대나무 소리에 가을을 연상하고 슬퍼지는 심사를 노래한 두 수 가운데 제2수이다. 상편은 편지만 쓰다가 오랜만에 동생들을 만나게 된 일을 노래하였고, 하편은 밤새도록 자신의 슬픈 사연을 동생들에게 이야기하고 싶은 심정을 노래하였다. 오랜만에 동생들을 만났으니 얼마나 기뻤을지 상상이 간다.

## 菩薩蠻

感懷二首　其一

茫茫春夢誰知道.
綠楊一霎東風老.
自恨枉多情.
浮塵長苦憎.[52]

草堂青嶂繞.
曲岸溪聲小.
何日遂平生.
相携上玉京.[53]

---

52) 浮塵(부진): 공중에 떠도는 먼지. 풍진세상을 가리킨다.
53) 玉京(옥경): 도교에서 이른바 옥황상제가 산다는 곳. 신선세계를 가리킨
다.

# 보살만

## 감회 2수　제1수

아득한 봄꿈을 그 누가 알랴
푸른 버들 한순간 봄바람에 시드누나.
헛되이 정 많은 것을 한하나니
풍진세상 길이 괴롭고 한스럽다.

초가집에 푸른 산 둘러치고
굽은 언덕에 시냇물소리 작은 곳으로.
언제나 평생소원 이룰까
손잡고 신선세계 오르자고 했건만.

【해제】 봄날의 감회를 노래한 두 수 가운데 제1수이다. 상편은 봄이 가는 슬픔에 괴로운 심정을 노래하였고, 하편은 푸른 산속 초가집에 은거하자 던 평생소원이 이미 허망해졌음을 노래하였다.

# 菩薩蠻

## 和老母贈別

樽前香焰消紅燭.
可憐今夜傷心曲.
衫袖淚痕紅.
離歌淒晚風.

匆匆苦歲月.
相聚還相別.
腸斷月明時.
後期難自知.

# 보살만

## 노모의 증별사에 화답하여

술동이 앞에 향 연기 붉은 촛대에서 다하는데
오늘밤 마음 아픈 노래가 애석하네요.
옷소매 눈물 자국 붉은데
이별가는 저녁바람 속에 처량하네요.

총총히 가버리는 세월 괴롭나니
서로 모였다가 다시 이별이네요.
달 밝을 때 애 끊어지나니
훗날 기약 절로 알기 어렵네요.

【해제】숭정 4년(1631) 원단(元旦, 1월1일)에 친정에 와서 정월대보름을
쇠고 돌아갈 때 자신에게 준 어머니의 〈보살만(菩薩蠻)·원석후송별장녀소
제(元夕後送別長女昭齊)〉에 화운한 작품이다. 부친 엽소원이 북경의 관
직을 그만두고 12월 28일 집으로 돌아오자 모처럼 온가족이 함께 모여
새해를 맞았던 것으로 추정된다. 어머니의 이별 사를 들으며 다시 올 날을
기약하지 못하는 슬픈 심정을 노래하였다.

# 三字令

## 咏香撲

疑是鏡,
又如蟾.
最嬋娟.
紅袖裏,
綠窓前.
殢人憐,
羞錦帶,
妬花鈿.

蘭浴罷,
襯春纖.[54]
撲還拈.
添粉艷,
玉肌妍.
麝氤氳,
香馥郁,
透湘縑.

---

54) 襯(친): 가까이하다.
　　春纖(춘섬): 여인의 손가락.

# 삼자령

## 향박을 읊다

거울인가 하면
또 달 같아서
제일로 곱구나.
붉은 소매 속이나
푸른 창가 앞이나.
사람의 어여쁨 받으며
비단 띠 풀기 수줍어하고
다른 이의 꽃 비녀를 시샘한다.

난초 목욕 마치고
손가락을 가까이하여
두드리고 다시 집어 드네.
바른 분은 곱고
옥 피부는 어여쁘네.
사향 향기 강렬하여
향기가 물씬 나서
상 비단에 배어나네.

【해제】 향박이라는 미인을 노래하였다. 상편은 아름다워서 사랑을 주고받
는 것을 노래하였고, 하편은 목욕을 마치고 화장하는 과정과 그 결과를 노
래하였다. 향박이 누구인지 정확하게 알 수 없지만, 그녀를 부러워하는 심
사가 다분히 느껴진다.

# 踏莎行

**暮春二首　其二**

粉絮吹綿,
紅英飄綺.
又看一度春歸矣.
子規啼破夢初醒,
憑欄目斷傷千里.

塵世堪嗟,
流光難倚.
浮生冉冉知何似.[55]
舊遊回首總休題,
斷腸只有愁如此.

---

55) 冉冉(염염): 점차 가는 모습. 세월이 가는 것을 형용한다.

# 답사행

늦봄 두 수   제2수

하얀 버들개지 솜을 날리고
붉은 꽃잎은 비단을 흩날리니
한 차례 봄이 가는 모습 또다시 지켜보네.
자규새 울음에 꿈에서 막 깨어나
난간 기대 바라보며 천리 먼 곳에 마음상하네.

속세는 탄식할 만하고
세월은 의지하기 어렵나니
덧없는 인생 흘러감이 무엇과 같은가.
옛 나들이에 고개 돌려도 결국엔 짓지 말아야지
애 끊기며 이 같은 수심만 남을 테니까.

【해제】 늦봄을 노래한 두 수 가운데 제2수이다. 상편은 난간에 기대 봄이
가는 풍경을 바라보며 슬퍼지는 심정을 노래하였고, 하편은 인생의 덧없
음을 탄식하며 옛일을 회상하지 않으려는 생각을 노래하였다. 상편 마지
막 구의 '천리(千里)'가 천리 너머 떠나간 봄인지, 천리 멀리 떠난 임인지,
천리 멀리 있는 고향인지 모호하다. 이 모든 것을 다 의미할 수도 있다.

## 繫裙腰

倣劉叔儗56)

窓兒半掩簟兒淸.
庭兒靜、袖兒輕.
春兒老去傷情.
景兒明.
愁懶把,
步兒行.

黛兒虇虇髻兒傾.
欄兒倚,
悶盈盈.
萋萋綠草兒,
迷斷歸程.
歎聲聲.
只贏得,
病兒成.

---

56) 劉叔儗(유숙의): 송대 시인 유선륜(劉仙倫). 일명 유소(劉燒)라고도 하며
호는 초산(招山)으로 여릉(廬陵, 지금의 江西省 吉安) 사람이다. 시인 유
과(劉過)와 동향으로 시풍도 유사하여 '여릉이사(廬陵二士)'라고 불렸다.
사 31수가 전하는데 뛰어나다는 평을 받는다. 『박산소집(咱山小集)』1권
이 전한다.

# 계군요

유숙의 사를 본받아

창은 반쯤 닫혔고 대자리 맑은데
정원 고요하고 옷소매 가볍다.
봄이 저물어 마음 아프지만
풍경이 환한지라
근심을 마지못해 잡고서
발걸음을 옮긴다.

눈썹 찌푸리고 쪽머리 기운 채
난간에 기대니
고민이 한가득.
무성한 푸른 풀
돌아올 길 사라졌는데,
탄식하자니
단지 얻은 건
병이 생긴 것뿐.

【해제】유숙의의 〈계군요(繫裙腰)〉(山兒矗矗水兒淸)를 본받아서 명사 뒤에 아(兒)를 써서 구어성과 유희성을 강화하였다. 상편은 늦봄이지만 산책하러 나옴을 말하였고, 하편은 난간에 기대 멀리 떠난 임을 생각하고 슬퍼함을 노래하였다. '창[窓兒]', '대자리[簟兒]', '정원[庭兒]', '옷소매[袖兒]', '봄[春兒]', '풍경[景兒]', '발걸음[步兒]', '눈썹[黛兒]', '쪽머리[髻兒]', '난간[欄兒]', '풀[草兒]', '병[病兒]' 등 총 12개의 단어가 사용되었다.

# 滿江紅

秋思二首　其二

桂苑香消,
芙蓉老、白蘋浪起.
又漸是、寒煙古木,
夕陽流水.
玉笛悲涼秋旅怨,
金砧淒楚關山思.
看斷霞、明月照涼輝,
黯凝倚.

詩酒興,
消殘矣.
愁與悶,
偏無已.
念啼鶯別後,
水雲煙瀰.
惆悵不通天際信,
江南風景空如此.
聽秋聲、蕭瑟夜蛩淸,
心如死.

# 만강홍

## 가을상념 두 수    제1수

계화 동산에 향기 사라질 때
부용도 시들고 흰 마름에도 물결이 인다.
또 점차 고목에 차가운 안개 어리며
석양 속에 강물 흐른다.
옥피리 소리 구슬퍼서 가을나그네 원망하고
쇠 다듬이 소리 처량해서 관산의 임 생각한다.
노을 보니 밝은 달이 차가운 달빛 비추는데
어둠이 엉기면서 기대온다.

시와 술의 감흥이
사라져도
근심과 고민만은
유독 다함이 없구나.
생각해보니 꾀꼬리 울 때 헤어진 뒤로
구름 낀 강가에 안개 자욱하였다.
슬프게도 하늘가 편지가 통하지 못한 것은
강남 풍경 부질없이 이와 같아서라.
가을소리 들으면 쓸쓸하고 밤 귀뚜라미 맑게 우니
마음은 죽을 것 같다.


【해제】 가을날 임 생각을 노래한 두 수 가운데 제1수이다. 상편은 가을풍
경을 시각과 청각을 통해 묘사하였고, 하편은 떠난 임에게 소식이 없어 슬
픈 심정을 노래하였다. 마지막 구의 '죽을 것 같다[如死]'는 솔직한 고백
이 심금을 울린다.

## 瑣窻寒

### 憶妹

蕭瑟西風,
啼螿滿院,
轆轤聲歇.
流螢暗照,
歸思頓添凄切.
更那堪、近來信稀,
盈盈一水迢迢.
想當初相聚.
而今難再,
愁腸空結.

從別.
數更節.
念契闊情悰,
驚心歲月.
舊遊夢斷,
此恨憑誰堪說.

## 쇄창한

### 여동생이 그리워

소슬한 가을바람
쓰르라미 소리 정원에 가득한데
도르래는 소리를 멈추었네.
반딧불이 어둠속에 빛나니
돌아가고픈 마음에 갑자기 서글픔 더하네.
더욱 어찌 견디랴 요즘 소식 드문데
넘실넘실 강물만 아득히 오가네.
처음에 모인 일 생각나지만
지금 다시 모이기 어려우니
근심스런 애간장 부질없이 맺히네.

헤어진 때로부터
자주 계절이 바뀌네.
뜻 맞아 통하고 정겹게 즐기던 일 생각하다
가는 세월에 마음 놀라네.
옛 교유가 꿈에서도 끊어지니
이 한을 누구에게 말할 수 있을까.

漸江天、香老蘋洲,
征鴻不向愁時缺.
待聽殘、暮雨梧桐,
一夜啼紅血.

점차 강천의 물 섬에 마름이 시들어가고
기러기가 근심할 때는 빠지지 않는 이 가을.
오동나무의 저녁 빗소리 잦아들길 기다리건만
밤새도록 붉은 피울음을 울어대네.

【해제】 가을날 동생들과 다시 만나고픈 생각에 슬퍼지는 심사를 노래하였
다. 상편은 가을이 되며 소식도 뜸해진 것을 노래하였고, 하편은 예전 모
임을 생각하다 가을이라 더욱 슬퍼지는 것을 노래하였다. 전편에 걸쳐 가
을바람, 쓰르라미, 기러기 소리 등 다양한 추성(秋聲)을 통해 자신의 슬픔
을 강조하였다.

# 玉蝴蝶

## 感春四首　其三

景色濃芳清晝,
游絲無力,
嫋嫋輕柔.
欲挽春光同住,
堪笑難留.57)
碧涇侵、舊時羅袖,
紅香淡、獨自妝樓.
繡簾幽.
弄晴啼鳥,
喚雨鳴鳩.

多憂.
憑高一望,
江南春色,
千古揚州.
回首繁華,
斷腸都付水東流.
黯魂消、一番懷古,
空目斷、萬縷新愁.

---

57) 堪笑(감소): 비웃을 만하다. 가소(可笑)와 같다.

# 옥호접 제3수

## 봄을 느끼며

진한 향내 풍경 속의 맑은 대낮
버들가지 힘없어
한들한들 가볍고도 부드럽네.
봄빛을 당겨 함께 하려 하는데
만류하기 어렵다고 비웃을 만하네.
푸른 안개는 예전 비단 옷에 스며들고
붉은 향기는 홀로 있는 누대에 약하네.
수놓인 주렴 그윽한데
날 개라고 새가 울더니
비 오라고 비둘기가 우네.

많은 근심에
높은 데 기대 둘러보는 건
강남의 봄 경치 가운데
천년 고도(古都) 양주라네.
번화한 시절 돌아보니
애끊는 아픔을 동으로 흐르는 강물에 모두 주었네.
한 번의 옛 생각에 남몰래 넋이 나가고
만 가닥 새 수심에 헛되이 눈길 끊어진다.

幾時休.
綠楊芳草,
春夢如秋.

언제나 그칠까
푸른 버들과 봄풀 때문에
봄꿈이 가을 같은 일이.

【해제】 봄에 대한 감회를 노래한 네 수 가운데 제3수이다. 한창 아름다운 봄을 등지고 홀로 있는 상황을 노래하였고, 하편은 양주(揚州)를 회상하며 더욱 슬퍼지는 심사를 노래하였다. 양주에서의 즐거운 추억이 무엇인지 정확하게 알 수 없다.

# 玉蝴蝶

## 咏柳

拂地含顰寫黛,
無端贈折,
綠遍郵亭.
縱有風流萬種,
都是離情.
恨攀枝、渭城客淚,
空送別、灞岸歌聲.
舞腰傾.
年年弱力,
無限銷凝.[58]

春晴.
樓前憑望,
東風老去,
不耐柔縈.
淡碧輕黃,
酒旗村舍半橋橫.
向園中、但傷鬱鬱,
看陌上、莫怨盈盈.[59]

---

58) 銷凝(소응): 소혼응신(銷魂凝神)의 준말. 넋이 나가고 정신이 멍한 상태를 가리킨다.
59) 盈盈(영영): 자태가 아름다운 모양. 여기서는 버들의 모습을 가리킨다.

# 옥호접

## 버들을 읊다

땅에 스치며 찡그리듯 눈썹 그리는데
이유 없이 꺾어 보내니
푸른 버들이 역참에 두루 깔렸네.
설사 수많은 풍류가 있다 해도
모두 다 이별의 정일세.
위성의 나그네 눈물 속에 한스럽게 가지 잡고
파수 언덕의 노래 속에 부질없이 송별하네.
춤추는 허리 기우나니
해마다 힘이 약해지며
한없이 넋이 나가기에.

날이 갠 봄날
누대 앞에 기대 보니
봄바람 약해지며
부드러이 감기는 것을 견디지 못하네.
옅은 푸른색과 연한 노란빛에
술집 깃발 내걸린 마을에는 다리가 가로 놓였네.
동산에서 다만 울적하게 슬퍼하지
밭두둑 보며 한가득 원망하진 말아야지.

黯心驚.
千絲萬縷,
總是愁生.[60]

60) 生(생): 어조사로 의미가 없다.

남몰래 놀라나니
수천수만의 실가지가
모두 다 근심이기에.

【해제】 버드나무를 노래한 영물사(詠物詞)이다. 상편은 이별할 때마다 꺾이면서 버드나무가 갈수록 시들어가는 상황을 노래하였고, 하편은 누대에 기대 버드나무를 바라보면서 남몰래 슬퍼지는 심사를 노래하였다. 이별로 인한 슬픔을 소리 내어 원망하는 대신 속으로만 삭이려는 모습이 안타깝다.

# 百字令

## 秋懷

秋光瀟灑,(61)
正淸江收潦,
芙蕖寫頰.(62)
扇影辭人凉入苧,
歎故國經時別.(63)
月皎風淒,
夢回花謝,
多少鄕情切.
憑高對酒,
幽懷幾度悽結.

無奈窓戶蕭條,
閒情冷落,
篆縷消金鴨.(64)
客夢悠悠何日了,
舊恨新愁萬疊.

---

61) 瀟灑(소쇄): 비가 떨어지는 모습을 형용한다.
62) 芙蕖(부거): 연꽃.
   寫頰(사협): 뺨이 쏟아지다. 연꽃에 괸 빗물이 쏟아지는 것을 가리킨다.
63) 經時(경시): 긴 시간을 경과하다.
64) 篆(전): 전향(篆字香). 평면의 전서(篆書) 모양대로 타들어가게 만든 향.

# 백자령

## 가을느낌

비오는 가을풍경
한창 맑은 강물은 고인 물 거두고
연꽃은 뺨이 쏟아진다.
부채가 사람을 떠나고 시원함이 모시옷에 들어오니
고향 떠난 지 오래된 것을 탄식하노라.
달빛 밝고 바람소리 처량한데
꿈도 깨고 꽃도 지니
고향 그리는 정 얼마나 절실한지.
높은 데 올라 술 대하니
깊은 심정 몇 번이나 슬퍼지는지.

어쩔 수 없이 창문가 쓸쓸하고
한가한 심정 싸늘한데
전자 향은 쇠 향로에서 사라진다.
객지의 꿈은 아득히 언제나 다하려나
옛 한과 새로운 수심이 만 겹이구나.

病骨支離,<sup>65)</sup>
年華屢換,
羅袖長啼血.
可憐雙鬢,
應知一夜堪鑷.

---

65) 支離(지리): 유랑하다. 떠돌아다니다.

病骨支離,[65]
年華屢換,
羅袖長啼血.
可憐雙鬢,
應知一夜堪鑷.

---

65) 支離(지리): 유랑하다. 떠돌아다니다.

병약한 몸으로 떠도는 사이
세월 자주 바뀌어가니
비단 소매에 피울음이 길게 남아있다.
불쌍한 양쪽 살쩍머리
분명 밤새 뽑을 만한 줄 알리라.

【해제】 가을의 슬픔을 노래한 장편 사이다. 상편은 비가 오면서 서늘해지자
고향생각이 나는 것을 노래하였고, 하편은 객지생활 속에 고향을 그리워하
는 심정을 노래하였다. 엽환환의 시가(媤家)는 친정이 있는 오강(吳江)이지
만 천계 7년(1627) 봄 시아버지 원엄(袁儼)이 영서(嶺西)의 광주(廣州)로
부임하게 되자 남편과 함께 따라갔는데 도중에 남편은 돌아오고 엽환환은
시아버지를 계속 모셨는데 아마도 이때 지어진 것으로 추정된다.

# 水龍吟

次母韻早秋感舊, 同兩妹作二首　其一

秋來憶別江頭,
依稀如昨皆成舊.
羅巾滴淚,
魂消古渡,
折殘煙柳.
砧冷蛩悲,
月寒風嘯,
幾驚秋又.
歎人生世上,
無端忽忽,(66)
空題往事搔首.

猶記當初曾約,
石城淮水山如繡.(67)
追遊難許,(68)
空嗟兩地,
一番眉皺.
枕簟涼生,

---

66) 忽忽(홀홀): 급속한 모양.
67) 石城淮水(석성회수): 강소성(江蘇省) 남경(南京)에 있는 석두성(石頭城)과
　　진회하(秦淮河).
68) 追遊(추유): 따라 노닐다.

# 수룡음

어머니의 〈수룡음〉두 수에 차운하여 초가을 옛일에 대한 감회를 두 동생
과 함께 짓다 두 수   제1수

가을되며 강가에서 헤어진 일 생각나니
어제 같은데 모두 옛일이 되었네.
비단 수건에 눈물 떨어뜨리고
정신은 옛 나루터에서 나간 채
봄버들 다 꺾었었지.
섬돌 차갑고 귀뚜라미 소리 슬프며
달빛 싸늘하고 바람 소리 울부짖는
가을이 또 와서 얼마나 놀라운지.
인생살이와 세상살이
두서없이 빨리 지남을 탄식하며
부질없이 옛일 노래하며 머리 긁적이네.

아직도 그때의 기약을 기억하나니
석두성 진회하에 산은 수놓은 듯.
따라 노니는 일 허락받기 어려워서
부질없이 두 곳에 있음을 탄식하며
한 차례 양미간을 찌푸렸었지.
침상에서 서늘함 생겨나며

天涯夢破,
斷腸時候.
願從今但向花前,
莫問流光如奏.[69]

---

하늘가 꿈이 부서지니
애간장 끊어지는 때라네.
원컨대 이제부턴 꽃 앞에서
세월이 달리는 것 같은지 묻지 말아야지.

【해제】숭정 4년(1631) 어머니 심의수가 지은 〈수룡음(水龍吟)〉 두 수에
차운하여 지은 두 수 가운데 제1수이다. 상편은 가을의 이별을 떠올리고
다시 가을이 온 것에 놀라는 심정을 노래하였고, 하편은 어머니가 노래한
남경의 옛일을 언급하며 시간이 빨리 흐르는 것을 안타까워하였다.

# 엽소환葉小紈 시詩

있는 한은 끝내 풀기 어렵고
없던 수심은 자꾸 저절로 생겨나

## 四時歌和母韻

秋

簾開蕭瑟金風度,
一庭細草霑珠露.
忽然梧葉墜秋聲,
踏殘碎影窺蟾兎.
疏楊舞倦楚宮腰,[70]
芙蓉如面誇修嫭.[71]
漁歌菱唱韻悽淸,
楓落紛紛飄赤羽.
暗蛩四壁正哀吟,
濕雲又灑芭蕉雨.
連宵滴瀝不堪聞,
漸敎苔蘚生庭樹.

---

70) 楚宮腰(초궁요): 초나라 궁녀의 가는 허리. 『한비자(韓非子)·이병(二柄)』
    에 "초나라 영왕이 가는 허리를 좋아하여 나라 안에 굶어죽는 사람이
    많았다.(楚靈王好細腰, 而國中多餓人)"라는 구절이 있다.
71) 嫭(호): 아름답다.

# 사계절 노래 어머니의 운에 화답하다

## 가을

주렴 여니 소슬한 가을바람 불어오고
정원에 가득한 가는 풀 이슬방울에 젖었네
홀연 오동잎 떨어져 가을 소리 나니
부서지는 그림자 밟으며 달 토끼와 두꺼비 엿본다
성긴 버들 춤추다 지친 초나라 궁궐의 허리 가는 궁녀 같고
부용은 화려하고 아름답게 꾸민 얼굴 같네
어부의 마름 캐는 노래 처량하고 맑은데
단풍잎 분분히 떨어져 붉은 깃털처럼 날린다
귀뚜라미 사방에서 슬피 울고
축축한 구름 또 파초에 비를 뿌리네
밤까지 이어지는 빗방울 소리 차마 듣지 못하겠는데
이끼가 점점 정원의 나무에 자라나네

季鷹蓴菜好歸來.72)
班姬團扇傷秋暮.73)
曲欄倚處思偏長,
過盡征鴻無尺素.

72) 季鷹蓴菜(계응순채): 계응은 진(晉) 장한(張翰)의 자(字)이다. 장한이 낙
양에서 벼슬살이 하다가 가을바람이 일자 고향에서 먹던 순채국과 농어
회가 그리워 벼슬을 버리고 떠났다는 이야기에서 유래한 것으로 고향을
그리는 마음, 귀은(歸隱)의 뜻을 비유한다.
73) 班姬團扇(반희단선): 반첩여(班倢伃)의 둥근 부채. 총애를 잃고 버림받은
여인을 가리킨다. 반첩여는 서한(西漢) 성제(成帝)의 총애를 받은 후궁
이었으나, 나중에 조비연(趙飛燕)이 성제의 총애를 독차지하자 그녀의
질투를 받아 동궁으로 물러나 외롭게 살았다. 자신의 슬픈 처지를 가을
이 되어 상자 속으로 들어가는 둥근 부채에 비유하여 노래한 「원가행
(怨歌行)」(즉 「단선가(團扇歌)」)을 지었다고 한다.

계응은 순채국 생각나 고향으로 돌아가기 좋았고
반첩여는 둥근 부채 때문에 가을 저녁에 상심했지
구불한 난간에 기대니 그리움은 몹시도 긴데
길 떠나는 기러기 다 지나가도 편지는 없어라

【해제】 어머니 심의수의 「사시가(四時歌)」에 화답한 시 가운데 가을풍경
을 노래한 작품이다. 엽환환(葉紈紈)과 엽소란(葉小鸞)에게 심의수의 이
시에 화답한 시 각 4수가 있는 것으로 보아 모녀가 함께 모여 창화한 것
임을 알 수 있다. 전반 12구는 모두 눈에 보이는 가을 경물을 읊었으며,
제13, 14구는 가을이라는 시간적 배경을 가진 2개의 전고를 끌어와 고향
에 대한 그리움, 님에 대한 그리움을 연관시켰다. 마지막 2구는 그 그리움
을 해소할 수 없어 '슬픈 가을(悲秋)'임을 드러냈다.

## 秋夜和瓊章妹

深更聽木葉,
摵摵下林梢.[74]
雨細苔錢潤,
風輕蕙帳飄.
鼠窺燈燼落,
人寂篆烟消.
忽憶彈棋處,
悠然似此宵.

---

74) 摵摵(색색): 나뭇잎이 떨어지는 소리.

# 가을밤 동생 경장에게 화답하다

깊은 밤 나뭇잎 소리
바스락 바스락 숲 속 나무 끝에서 떨어지네
가랑비에 동그란 이끼 반들거리고
가벼운 바람에 휘장 같은 혜초 나부끼네
쥐가 등불 불똥 떨어지는 것 엿보고
향 연기 사라지는 곳에 사람은 쓸쓸하여라
문득 바둑 두던 곳 생각하니
이 밤처럼 아득하구나

【해제】 여동생 엽소란의 「가을 밤 잠 못 이루고 혜주 언니를 그리며(秋夜
不寐憶蕙綢姊)」에 화답한 시이다. 비 내리는 가을밤 서로 그리워하나 만
나지 못해 쓸쓸한 마음을 노래했다. 전반 4구는 비 내리는 가을밤의 풍경
을 그렸고, 후반 4구는 동생을 그리는 정을 읊었다. 시인과 함께하는 것은
오직 등불, 향, 쥐뿐이니 그 쓸쓸함이 더욱 깊이 느껴진다. 동생과 함께
바둑 두었던 추억은 비 내리는 쓸쓸한 가을밤처럼 아득하기만 하다.

## 秋日村居二首<sup>75)</sup>　其二

江空平野闊,
秋色浩無邊.<sup>76)</sup>
菊已堆黃綻,<sup>77)</sup>
楓纔染絳鮮.
菱歌涼吹夕,
漁網晚霞天.
小立柴門側,
修然愛地偏.<sup>78)</sup>

---

75) 이 시는 본래 8수의 연작시인데 동생 엽섭(葉燮)이 엽소환의 유고를 정
　　리하면서 2수만 선록하여 현재 2수만 전한다.
76) 浩(호): 크고 많다.
77) 綻(탄): 꽃봉오리가 터지다.
78) 修然(수연): 긴 모양.

# 가을에 시골에서 거하며 두 수  제2수


강과 평야 공활한데
넉넉한 가을빛 가없어라
국화는 벌써 노란 봉오리 터뜨렸고
단풍잎은 이제 이끼를 붉게 물들이네
서늘한 바람 부는 저녁에 마름 캐는 노래
저녁놀 진 하늘에 그물질 하는 어부
사립문 곁에 잠시 섰으니
궁벽한 이곳이 오래도록 사랑스럽네


【해제】숭정(崇禎)4년(1631) 8월 아버지 엽소원(葉紹袁)이 관직에서 물러
나 고향에서 은거할 때, 이반룡(李攀龍)의 「추일촌거(秋日村居)」를 모방
하여 지은 시에 화답한 작품이다. 어머니 심의수와 언니 엽환환, 동생 엽
소란 및 오빠 엽세전(葉世佺)도 모두 이에 화답한 시를 지었다. 시인이 살
고 있는 마을에 보이는 가을 풍경을 노래했다. 전반 6구는 모두 눈에 보
이는 가을 풍경의 아름다움을 묘사했다. 마지막 2구는 앞에서 묘사한 공
간에 대한 애정을 드러냈다. '궁벽한 곳(地偏)'은 산속이 아닌 사람 사는
마을에서 은거하는 즐거움을 노래한 도연명의 「음주(飲酒)」시를 연상시킨
다. "사람 사는 마을에 오두막 지어 살아도, 시끄러운 수레와 말소리 없
네. 그대 어찌 그럴 수 있는가, 마음이 멀면 땅은 절로 외지게 된다네.(結
廬在人境, 而無車馬喧. 問君何能爾, 心遠地自偏)"

# 哭五弟書期二首　其二

姉妹先長訣,79)
銜哀弟又亡.
彩鸞空結契,80)
雛鳳自摧藏.
枉想搜神記,81)
難尋續命湯.82)
他年看宿草,83)
孤塚對斜陽.

---

79) 訣(결): 사별하다. 이별하다.
80) 이 구 아래 "동생은 오씨를 아내로 맞았다(弟聘於吳)"는 원주가 있다.
81) 搜神記(수신기): 동진(東晉) 간보(干寶)가 편찬한 책 이름. 신화, 전설, 신
    선, 귀신 이야기, 인물야담 등 당시 민간에 떠돌던 기이한 이야기를 모
    아 엮은 것이다.
82) 續命湯(속명탕): 명을 연장해주는 탕약.
    이 구 아래 "단오가 지난 뒤에 세상을 떠났다(歿在午日後)"는 원주가
    있다.
83) 宿草(숙초): 여러해살이 풀.

# 다섯째 동생 서기를 곡하며 두 수  제2수


언니와 여동생이 먼저 긴 이별했었는데
슬픔 머금은 채 남동생이 또 세상을 떠났네
난새와 맺은 부부의 인연 부질없게 되고
어린 봉황은 좌절하여 자취 감추겠네
헛되이 수신기를 생각해봐도
속명탕은 찾기 어려웠네
다른 해에 보게 되겠지 풀 돋아나
외로운 무덤에서 석양을 대하고 있는 것을


【해제】 남동생 엽세담(葉世儋, 1624~1643)의 죽음을 애도한 2수의 연작
시이다. 심의수의 다섯째 아들 엽세담은 어려서부터 신동이라 칭해졌으나
과거에는 운이 따르지 않았다. 여러 차례 낙방하자 병을 앓다가 20세의
젊은 나이로 세상을 떠났다. 첫2구는 동생의 죽음을 당하여 앞서간 언니
와 여동생을 함께 떠올렸다. 제3구는 미망인이 된 동생의 아내를, 제4구
는 남겨진 아이들을 각각 난새와 봉황새에 비유하였다. 제5, 6구는 지푸
라기라도 잡는 심정으로 죽은 사람이 살아난 이야기가 실린 『수신기』를
생각하며 동생이 앓는 동안 온갖 방법을 다 구했지만 결국 살릴 수 없었
음을 말하였다. 마지막 2구는 동생의 무덤에 돋아난 풀만 외로운 무덤을
지키는 정경을 통해 덧없는 인생의 쓸쓸함을 드러내었다.

# 山居二首84)　其二

逃名夫子志,85)

息影閉柴關.86)

提甕須尋澗,

無錢可買山.

抛書宵易倦,

罷繡晝長閒.

酬唱家庭樂,

追思夢寐間.87)

---

84) 엽소환의 시집을 정리한 엽섭(葉燮)의 주석에 의하면 이 2수의 연작시는 원래 엽소원의 「가을 시골에 거하며(秋日村居八首)」에 다시 화운한 시로 원래 8수가 있었으나 그중 2수만 선록하였다고 한다.

85) 夫子(부자): 남성에 대한 존칭.

86) 息影(식영): 은거하여 한적하게 지내다. 『장자(莊子)·어부(漁父)』에 "그늘에 있으면 그림자가 사라지고, 고요히 있으면 발자국이 생기지 않는 것을 알지 못했으니 그 어리석음이 또한 심하구나!(不知處陰以休影, 處靜以息迹, 愚亦甚矣)"라는 구절이 있다.

87) 追思(추사): 추억하다. 회상하다.

# 산에서 살며 두 수  제2수

이름을 숨기려한 아버지의 뜻
은거하며 사립문을 닫았네
항아리 들고 시냇물 찾아다니며
돈 없어도 산을 살 수 있었지
책을 던져두니 밤은 쉬이 권태롭고
수놓기 그만두니 낮은 늘 길구나
서로 시에 화답하며 즐거웠던 가정이었는데
지난날 회상해보니 몽매간이구나


【해제】 산에서 은거하는 아버지를 보며 온 가족이 단란했던 지난날을 회상하였다. 1644년 명나라가 멸망하자 이듬해 엽소원은 아들 세동, 세관, 세수를 데리고 항주(杭州) 고정산(皐亭山)으로 들어가 스님이 되어 은거하였다. 이 시는 아마도 이즈음에 쓴 것으로 보인다. 엽소환은 이후 산속에 사는 아버지를 가끔씩 찾아보며 돌봐드렸다. 제1연은 아버지가 세속의 이름을 버리고 스님이 되어 은거를 시작했음을, 제2연은 산속에서 은거하는 모습을 노래했다. 제3연은 산속에서 은거하는 가족들의 한가로운 생활을 상상했고, 제4연은 가족이 서로 시에 화답하며 살았던 옛날을 회상하였다. 되돌아보니 단란했던 그 시절이 꿈만 같다.

## 野望88)

秋霽夕陽明,
天空一望平.
水中看樹色,
風裏聽江聲.
有恨終難遣,
無愁更自生.
渡頭人欲盡,
歸雁獨長鳴.

88) 엽섭(葉燮)이 편집한 판본에는 제목이 「추모야망(秋暮野望)」으로 되어있
다.

# 들을 바라보며

맑게 갠 가을 석양 환하여
하늘 바라보니 평평하네
물속에는 나무 빛 보이고
바람 속에는 강물 소리 들린다
있는 한은 끝내 풀기 어렵고
없던 수심은 자꾸 저절로 생겨나네
나루에 인적 다 끊어지니
돌아오는 기러기 홀로 길게 우네

【해제】 가을날 드넓은 들을 바라보며 느낀 감회를 노래하였다. 전반부는
들을 조망하며 보고 들은 풍경을 묘사했고 후반부는 가슴속에 이는 한과
수심을 읊었다. 가을에 밀려드는 온갖 시름과 회한은 쓸쓸한 나루 풍경과
기러기 울음소리와 같다.

## 薄暮舟行憶昭齊姊

解纜斜陽裏,
春波寂寂流.
村烟迷草屋,
津樹隱漁舟.
別候尋沙雁,
閒情伴水鷗.
雲山空滿目,
誰共一遨遊.[89]

---

# 해거름에 배타고 가다 소제언니를 생각하다

석양 속에 닻줄 푸니
봄 물결 쓸쓸히 흐른다
마을에 피어나는 연기가 띠집을 감추고
나룻가 나무는 고깃배를 가리네
이별할 때에는 기러기 찾았는데
한가로운 마음으로 갈매기를 짝하네
구름 낀 산은 부질없이 눈에 가득한데
누구와 함께 즐겁게 노닐까

【해제】 저녁 무렵 배타고 가면서 언니 엽환환을 그리워하였다. 제1연은
배를 타고 떠나가는 상황을, 제2연은 멀리 보이는 풍경을 그렸다. 제3연
은 언니와 이별할 때는 편지 전해주는 기러기를 찾았는데, 지금은 아름다
운 풍경을 대하고 마음이 한가로워짐을 말했다. 제4연은 이 좋은 풍경을
언니와 함께 하지 못하는 서운함을 노래했다.

庚午秋父在都門寄詩歸同母暨大姊三妹作

讀罷題封暗起嗟,
關山直北路偏賖. 90)
身依魏闕驚烽火, 91)
夢繞高堂感鬢華. 92)
薊苑霜濃新月瘦, 93)
吳江楓落夕陽斜.
陳情乞得君恩許, 94)
寒驛梅開好到家.

---

90) 直(직): 당면하다. 대하다.
91) 魏闕(위궐): 궁궐 문 양쪽에 높이 솟은 누각. 조정을 가리킨다.
92) 高堂(고당): 송옥(宋玉)의 「고당부(高唐賦)」에 나오는 고당을 말한다. 초
(楚)나라 회왕(懷王)이 고당(高唐)에 놀러갔다가 꿈에서 신녀를 만나 함
께 잤는데, 신녀가 아침에는 구름으로 저녁에는 비가 되어 그곳에 머문
다고 하였다는 이야기이다. 여기서는 아버지를 기다리는 어머니가 계신
곳을 비유하는 말로 썼다. 이 구는 어머니가 아버지가 돌아오시기를
꿈꾸지만 기약은 계속 어긋나고 세월이 흘러 흰머리가 생겨남을 슬퍼한
다는 뜻이다.
93) 薊(계): 진(秦)나라 때 설치한 계현(薊縣). 지금의 북경 서남쪽에 있었다.
94) 陳情(진정): 서진(西晋) 이밀(李密)의 「진정표(陳情表)」. 진(晋) 무제(武帝)
가 이밀에게 태자세마(太子洗馬)를 제수하자 이밀이 자신을 길러준 할
머니의 봉양을 위해 이를 사양하는 내용의 글이다. 할머니에 대한 효심
이 절절하게 드러나 예로부터 명문으로 칭송되었다.

# 경오년 가을 아버지가 북경에서 시를 보내와서 어머니와 큰 언니 셋째 여동생과 함께 짓다

편지 읽고서 마음속으로 탄식하니
관산으로 가는 북쪽 길 몹시 아득해요
조정에 의지한 몸은 봉화에 놀라고
고당을 맴도는 꿈에선 흰머리에 느꺼워 해요
북경 동산에는 된서리 내리고 초승달 야위었겠지만
오강에는 단풍잎 떨어지고 석양이 기울어요
진정표 올려 임금님 허락을 얻어
차가운 역에 매화 필 때 집에 오면 좋겠어요

【해제】 숭정(崇禎) 3년(1630) 아버지 엽소원이 조양문성수(朝陽門城守)로 재직할 때 보내온 편지에 화답한 시이다. 어머니 심의수와 언니 엽환환과 동생 엽소란의 화운시도 있다. 당시 엽소원은 청(淸)나라 군대가 영평(永平)을 공략해 들어와 긴급한 상황에 놓여있었는데 그런 아버지를 염려하며 하루 빨리 집으로 돌아오기를 바라는 딸의 소망을 노래했다. 제1연은 아버지가 보낸 편지를 읽고 걱정하며 아버지가 계신 곳과 집 사이에 놓인 길이 아득히 먼 것을 떠올렸다. 제2연은 북경에 계신 아버지의 위급한 상황과 고향집에서 아버지를 기다리는 어머니의 마음을 대비하여 표현하였다. 제3연은 제2연의 대비를 이어받아 북경과 오강에서 서로 그리워하는 마음을 풍경을 빌어 묘사했다. 제4연은 아버지가 벼슬을 그만두고 하루빨리 집으로 돌아오기를 바라는 마음을 표현했다. 엽소원은 노모를 모셔야한다는 이유로 관직을 그만두고 이해 12월 28일 고향으로 돌아왔다.

乙亥春仲, 歸寧父母, 見庭前衆卉盛開, 獨疏香閣外古梅一株, 幹有封苔, 枝無膡瓣,95) 諸弟云, 自大姊三姊亡後, 此梅三年不開矣. 嗟乎! 草木無情, 何爲若是! 攀枝執條, 不禁淚如雨下也二首 其一

輕寒剪剪鎖花臺,96)
對景傷懷總是哀.97)
獨坐空閨情索莫,
閒行曲徑影徘徊.
滿庭碧草和烟動,
幾樹紅葵帶雨開.
惟有梅魂知別恨,
不將春色到窗來.98)

---

95) 膡(숭): 남다.
96) 剪剪(전전): 한기가 스미는 모양.
　　花臺(화대): 화단.
97) 總是(총시): 결국. 어쨌든.
98) 春色(춘색): 봄빛. 이른 봄에 피어 봄을 알려주는 매화를 가리킨다.

을해년(1635) 중춘에 부모님을 뵈러 친정에 가서 뜰 앞에 온갖 꽃이 무성하게 핀 것을 보았다. 다만 소향각 밖 오래된 매화 한 그루만 줄기가 이끼에 덮이고 가지에 남은 꽃잎이 없었다. 여러 동생들이 "큰누나와 셋째누나가 죽은 후 3년 동안 이 매화가 피지 않았다"고 했다. 아! 초목이 무정한데 어찌 이럴 수 있을까? 가지 당겨 잡아보니 눈물이 비처럼 흐르는 것을 막을 수 없었다. 두 수   제1수

으슬으슬 가벼운 추위에 갇힌 화단에서
경치를 대하니 마음 상해 결국 슬퍼지네
빈 규방에 홀로 앉았으니 마음 쓸쓸해
한가로이 굽은 오솔길 거니니 그림자 배회하네
뜰에 가득한 푸른 풀 안개와 함께 움직이고
몇 그루 나무에 붉은 꽃비를 머금고 피었네
오직 매화의 혼백만이 이별의 한을 알아
봄빛이 창가로 오지 않네

【해제】 친정에 와서 죽은 언니와 동생을 그리는 마음을 읊었다. 1632년 가을에 동생 엽소란이, 겨울에 언니 엽환환이 세상을 떠난 뒤 삼 년째 되는 1635년에 지은 시이다. 전반부는 언니와 동생이 살던 거처에서 그들을 생각하며 이는 쓸쓸한 심정을 읊었다. 후반부는 사람은 가고 없어도 초목은 봄이 되자 아무 일도 없었다는 듯이 어김없이 피어나지만, 유독 매화만은 이별의 한을 아는지 삼 년째 꽃을 피우지 않는 기이한 현상을 노래했다.

## 恭和大人初度韻二首99) 其二

分湖回望烟野迷,100)
梧竹猶存鳳不棲.
蓮社欲遊廬阜下,101)
草堂重賃瀼溪西.102)
幾聲古寺傳鐘磬,
何日中原息鼓鼙.103)
註就金剛參妙理,
安心好自證菩提.104)

---

99) 이 시의 마지막에 "봉황관이 우리 옛집에 있었다. 아버지는 『금강참동
　　계』를 주해했다(棲鳳館在故居. 父註有『金剛參同契』)"는 원주가 있다.
100) 分湖(분호): 분호(汾湖)의 옛 이름. 엽소환의 친정집이 분호가에 있었다.
　　강소성(江蘇省) 오강(吳江)과 절강성(浙江省) 가선(嘉善)의 경계에 있는
　　호수로 반은 강소성에 반은 절강성에 속한다.
101) 蓮社(연사): 불교 정토종 최초의 결사(結社). 진대(晋代) 여산(廬山) 동림
　　사(東林寺)의 고승 혜원(慧遠)이 여러 스님과 선비 18인과 함께 만든 단
　　체이다. 당시의 유명한 명사들이 함께하였으며 고상한 사귐으로 널리
　　알려졌다.
102) 瀼溪(양계): 강서성(江西省) 서창시(瑞昌市) 서북쪽 대양산(大瀼山)과 소
　　양산(小瀼山) 사이에서 발원하여 동남쪽으로 흘러 분수(湓水)로 들어가
　　는 강. 당(唐) 시인 원결(元結, 719~772)이 이곳에서 은거하며 스스로 양
　　계낭사(瀼溪浪士)라 칭하였다.
103) 鼓鼙(고비): 군중에서 사용하는 북. 전쟁을 가리키는 말.
104) 菩提(보리): 불교 최고의 이상인 불타 정각의 지혜. 불교에서 수행을 통
　　해 얻는 깨달음의 지혜.

# 삼가 아버지의 생일 시에 화운하다 두 수   제2수

분호를 돌아보니 안개 서린 들 희미한데
오동나무 대나무 여전하겠지만 봉황은 깃들지 않았네
연사를 맺어 여산 언덕 아래에서 노닐고 싶어
양계 서쪽 초당을 다시 세내었네
고찰의 종소리 경소리 몇 자락 전해오는데
중원에는 언제나 전쟁의 북소리 그칠까
금강참동계의 오묘한 이치를 주해하며
마음 달래니 보리 지혜 스스로 보여주시네

【해제】 아버지 엽소원이 생일을 맞아 지은 시에 화답한 시이다. 명나라가 망한 후 항주(杭州) 고정산(皐亭山)에서 삭발하고 은거하며 사는 아버지의 생일을 맞아 느낀 감회를 노래하였다. 제1연은 고향집의 상황을 상상하였다. 그곳 봉황관에 대나무 오동나무는 여전하겠지만 아버지는 남은 아들들을 다 데리고 절에 들어가 버렸으므로 봉황이 깃들지 않는다고 했다. 제2연은 아버지가 고정산에 들어가 은거함을 혜원스님과 시인 원결에 비유하여 그의 은거생활에 불경과 시가 함께함을 암시했다. 후반부는 나라는 망하고 전쟁은 아직 끝나지 않은 시절에 절에서 은거하며 불경 주해에 힘쓰며 사는 아버지의 삶을 위로했다.

哭父105)


吳山越水渺天涯,
到處霜楓點淚花.
三載羈臣生有國,
廿年貧宦歿無家.
世情黯黯銜杯了,
心事悠悠補衲遮.106)
誰助斷腸兒女哭,
蜀鵑啼遍夕陽斜.107)

---

105) 이 시의 마지막에 "나라가 망한 뒤 삭발하고 스님이 되었다.(鼎革後削髮
    爲僧)"는 원주가 있다.
106) 補衲(보납): 다 헤져 기운 승복.
107) 蜀鵑(촉견): 두견새, 전국시대 촉(蜀)의 왕 두우(杜宇)가 신하에게 왕위를
    잃고 죽자 그의 혼이 두견새가 되었다고 한다. 두견새 울음소리는 매우
    애절하고 원통한 울음을 비유한다.

# 아버지를 곡하며

오나라 산 월나라 물 천애에 아득한데
도처에 서리 맞은 단풍 점점이 눈물 꽃이네
삼년 벼슬한 신하는 태어날 때 나라가 있었으나
이십년 가난한 벼슬아치 죽고 나니 집이 없네
암담한 세상사에 술잔 기울이고
아득한 심사는 헤진 승복으로 가렸지
아들딸 곡하느라 끊어진 애간장 누가 도와줄까
두견새만 온통 석양에 울어대네

【해제】 1648년 60세로 세상을 떠난 아버지 엽소원을 애도하였다. 1644년 명이 멸망하자 엽소원은 이듬해 아들 세동, 세관, 세수를 데리고 항주(杭州) 고정산(皐亭山)으로 들어가 스님이 되어 명나라의 유민으로 살았다. 제1연은 늦가을 풍경을 빌어 아버지를 잃은 슬픔을 읊었다. 제2, 3연은 벼슬아치로 살았던 아버지가 겪은 망국의 슬픔과 가난의 고통을 노래했고, 제7구는 자식 여섯을 먼저 떠나보낸 아버지의 애통함을 그렸다. 마지막 구에서 이토록 한 많은 아버지의 죽음을 두견새가 되었다는 촉나라 왕 두우에 비유했다. "암담한 세상사에 술잔 기울이고, 아득한 심사는 헤진 승복으로 가렸지"라는 말에서 명말청초 가난한 선비의 한 많은 일생이 절절히 느껴진다.

## 奉懷沈倩君

曾侍楓江結伴遊,[108]
春衫窄窄興修修.[109]
鳩聲猶聽催殘雨,
雁陣俄看攪暮秋.[110]
一水萍踪縈去住,
五年塵夢歎浮休.[111]
幾時親叩齋心處,[112]
貝葉經繙繡佛樓.[113]

108) 楓江(풍강): 소주(蘇州) 한산사(寒山寺) 부근 단풍나무가 늘어서있는 강을 가리킨다.
109) 窄窄(착착): 좁다. 협소하다.
110) 俄(아): 갑자기. 홀연히.
111) 浮休(부휴): 짧은 인생을 비유한다. 『장자(莊子)·각의(刻意)』에 "그 삶은 물거품과 같고 그 죽음은 쉬는 것과 같다(其生若浮, 其死若休)"라는 구절이 있다.
112) 齋心(재심): 잡념을 없애고 마음을 고요하게 하다.
113) 貝葉經(패엽경): 패다라(貝多羅)에 송곳이나 칼끝으로 글자를 새긴 뒤 먹물을 먹인 결집경전(結集經典). 패다라는 인도에서 종이 대신 글자를 새기는 데 쓰이던 나뭇잎이다. 부처가 돌아가신 후 제자들이 부처의 가르침을 모아 정리하여 패다라에 새긴 것을 패엽경이라 한다.
繙(번): 뒤적이다. 번(飜)과 같다.
繡佛(수불): 색실로 수놓아 만든 부처상.

# 심천군을 받들어 생각하며


전에 풍강에서
함께 모시고 노닐 적에
봄 저고리 꼭 맞고
흥은 길었지요
남은 비 재촉하는
비둘기 소리 듣다가
문득 보이네요
늦가을 어지럽히는 기러기 떼
온 강의 부평초 자취는
떠나고 머무르는 데에 얽혀있고
오년 홍진의 꿈에
덧없는 인생을 탄식합니다
언제 몸소 머리 숙여 인사드리나요
마음 닦고 계신 그곳
수불 걸린 누대에서
패엽경 읽고 계신 고모님께


【해제】 심천군(沈倩君)은 심경(沈璟)의 차녀이며, 작자의 어머니 심의수의
사촌 동생이다. 절강(浙江) 오정(烏程)의 범신신(范信臣)과 결혼했다. 전
반부는 심천군과 함께 했던 봄과 현재 시인이 처한 시간인 가을을 서로
대비하여 묘사했다. 후반부는 서로 부평초처럼 헤어진 후 이미 5년이나
흘러버린 덧없는 인생을 탄식하고, 언제 다시 만날지 모르는 착잡한 마음
을 읊었다.

## 採蓮曲三首　其二

棹入波心花葉分,
花光葉影媚晴曛.114)
無端捉得鴛鴦鳥,
弄水船頭濕盡裙.

---

114) 晴曛(청훈): 햇빛이 비치다.

# 채련곡 세 수   제2수

물결 속에 노를 저어가니
꽃과 잎이 나뉘고
꽃 빛과 잎 그림자
햇빛 비쳐 고와라
별 뜻 없이
원앙새 잡으려다
뱃머리에 물이 튀어
치마가 다 젖었구나

【해제】연밥 따는 아가씨를 노래한 민가풍의 시이다. 전반부는 연못 속 연
밭에 배 저어 가는 모습을 그렸다. 아가씨가 배를 저어 연 밭 사이로 들어
가니 연꽃과 연잎이 양쪽으로 갈라진다. 후반부는 연밥은 따지 않고 괜히
다정한 원앙새에게 질투가 난 아가씨의 행동을 그렸다.

## 登快風閣酬沈曼君115)


泛紅尋碧此同遊,
花映斜陽柳蔽樓.
踏盡層層高處望,
水光山色爲君留.

---

115) 快風閣(쾌풍각): 강남의 정사원(靜思園)에 있는 누각 이름. 소주(蘇州) 오
강구(吳江區) 근교 동리고진(同里古鎭)에 있다.

# 쾌풍각에 올라 심만군에게 화답하다

붉은 꽃과 푸른 잎을 찾고자
함께 노니는 이곳
기우는 햇빛 꽃을 비추고
버들은 누대를 가렸네
한 층 한 층 밟아
높은 곳에서 바라보니
물빛 산 빛이
그대 위해 머무르네

【해제】 심정전(沈靜專, 1580년 전후 생존)의 시 「쾌풍각에 올라」에 화답한 시이다. 만군(曼君)은 심정전의 자(字)이다. 명대의 저명한 문학가 심경(沈璟, 1553~1610)의 딸이며, 심의수의 사촌동생이다. 작품집으로 『적적초(適適草)』, 『울화루초(鬱華樓草)』, 『송고(頌古)』 등이 있다. 전반부는 함께 노니는 쾌풍각의 아름다운 경치를 읊었고, 후반부는 쾌풍각에서 바라보는 아름다운 경치가 모두 심정전을 위해 존재한다는 말로 그 유람에 대한 만족감을 드러냈다.

## 哭潮女二首　其二

電光搥碎掌中珍,[116)
心痛爭如隕此身.[117)
抃向泉臺提抱汝,[118)
又憐兄姊未成人.

---

116) 掌中珍(장중진): 손안의 보물. 몹시 아끼는 것을 비유한다.
117) 爭如(쟁여): 어찌 비할 수 있으랴?
　　 隕(운): 죽다.
118) 抃(변): 버리다. 목숨을 버리다.

# 조녀를 곡하며 두 수   제2수

번개가
손바닥의 구슬을 부수니
이 고통
나의 죽음보다 더하네
죽어서 무덤에 들어가
너를 안고 싶지만
네 오빠와 언니가
아직 어린 것도 가엾구나

【해제】 어린 딸의 죽음을 애도한 시이다. 전반부는 사랑하는 딸의 죽음을
겪는 마음의 고통이 자신이 죽는 것보다 더 아픔을 읊었다. 후반부는 딸을
따라 죽고 싶어도 다른 자식들이 아직 어려서 그럴 수도 없는 상황을 말
했다.

## 寄五妹千瓔 其二

同懷姉妹惟爾我,
況是相憐病與貧.
一枕夢回人不見,
闔廬城外又殘春. [119)](#)

---

119) 闔廬城(합려성): 소주(蘇州) 남문 밖 성으로 손견(孫堅)의 무덤이 있다.
여기서는 시인이 살던 지역을 가리킨다.

# 다섯째 여동생 천영에게 부치다 제2수

친자매라고는
너와 나 둘 뿐인데
하물며 병과 가난을
서로 가련해함에랴
베갯머리에서 꿈 깨니
사람은 보이지 않고
합려성 밖으로
또 남은 봄이 가네

【해제】 다섯째 여동생 엽소번(葉小繁, 1626~?)에게 보낸 시로 동생을 그리워하는 마음을 노래했다. 엽소번은 10살에 어머니 심의수를 여의었고, 숭정(崇禎) 14년(1641) 왕복열(王復烈, 자 石書)에게 시집갔다. 언니 엽환환과 동생 엽소란이 요절한 이후 남은 두 자매는 서로 의지하며 가난한 삶을 위로하였다. 동생을 그리는 마음에 드러난 두 자매의 우애가 애틋하다.

## 答惠思

新詩寄到雪初霏,
春信將闌只掩扉.
莫訝幾番空有約,
我貧君病兩相違.

# 혜사에게 답하다

새로 지은 시 보내왔을 때
막 눈이 내렸는데
봄소식 다 끝나도록
사립문은 마냥 닫혀있네
몇 번이나 빈말 되어버린 언약
놀랍지도 않으니
나는 가난하고
그대는 병들어
서로 어긋나서지

【해제】 셋째 남동생 엽세용(葉世俗)의 아내이자 사촌여동생인 심헌영(沈憲英, 1622~1685)에게 보내는 답시이다. 심헌영은 심의수의 동생인 심자병(沈自炳, 자는 君晦)의 딸이다. 심헌영은 결혼한 지 3년 만에 남편을 여의고 하나 뿐인 딸도 네 살에 요절하여 가족을 모두 잃었다. 시동생 엽세동(葉世侗)의 둘째아들 서휘(舒徽)를 양자로 삼고 평생 수절하며 살았다. 전반부는 초겨울에 두 사람이 봄에 만나자고 약속했으나 봄이 다 가도록 만나지 못했음을 읊었다. 후반부는 여러 번 어긋난 약속이 어떤 놀라운 사건의 발생 때문이 아니라, 가난과 질병으로 인해 번번이 그렇게 된 것임을 말했다. 가난과 질병으로 인해 기대가 으레 실망이 되어버리는 가슴 아픔이 잔잔한 어조 속에 진하게 전해진다.

# 四弟開期七弟弓期讀書皐亭山寺以誤食毒菌同殞驚慘之餘作此哭之三首　其一

遠攜書篋坐山窓,
一片雄心未肯降.
白日靑天難得上,
秋風歸櫬卻雙雙. [120]

---

120) 櫬(츤): 관. 널.

## 넷째동생 개기와 일곱째 동생 궁기가 고정산사에서 책을 읽다가 독버섯을 잘못 먹어 함께 죽었다. 놀라고 참담한 나머지 이 시를 지어 곡한다 세 수   제1수

멀리서 책 상자 들고 와
산사 창가에 앉았어도
한 조각 웅지
아직 꺾이지 않았지
흰 해 빛나는 푸른 하늘에는
오르기 어려운데
가을바람 불자
뜻밖에도
둘이 함께 관으로 돌아갔네

【해제】 남동생 엽세동(葉世侗, 1620~1656)과 엽세수(葉世儞, 1629~1656)의 죽음을 애도한 시이다. 독버섯을 잘못 먹어 하루아침에 두 형제를 한꺼번에 잃은 슬픔을 노래했다. 엽세동은 심의수의 넷째아들로 자는 개기(開期)이다. 명나라가 망한 후 유민 모임인 경은시사(驚隱詩社)에 참가했고 아버지와 함께 항주(杭州) 고정산(皐亭山)에 은거하다가 37세의 나이로 세상을 떠났다. 엽세수는 일곱째 아들로 자는 공기(工期), 혹은 궁기(弓期)이다. 아버지와 함께 은거하다가 27세의 나이로 세상을 떠났다. 전반부는 동생들이 비록 세속을 떠나 산속에서 은거하고 있었지만 가슴에는 여전히 큰 뜻을 품고 있었음을 말했다. 후반부는 너무나 어이없게 찾아온 그들의 죽음 앞에서 망연자실한 시인의 심정을 읊었다.

四弟開期七弟弓期讀書皐亭山寺以誤食毒菌同殞驚
慘之餘作此哭之三首　其三


僧舍湖濱烟水寒,
空垂雙淚未澆棺.[121)
還憐兒女嬌隨母,
一樣啼號不忍看.

121) 이 구 아래 "널은 천수암에 두었다(柩寄天水庵)"는 원주가 있다.

넷째동생 개기와 일곱째 동생 궁기가 고정산사에서 책을 읽다가 독버섯을 잘못 먹어 함께 죽었다. 놀라고 참담한 나머지 이 시를 지어 곡한다 세 수   제3수


호수 가 승방에
안개 자욱한 물 싸늘한데
부질없이 두 줄기 눈물 흘리며
관 붙잡고 곡도 하지 못했네
가여워라
엄마 곁의 귀여운 아이들
하나 같이 울부짖는 모습
차마 보지 못하겠네


【해제】 남동생 엽세동과 엽세수의 죽음을 애도한 3수의 연작시 중 세 번째 시이다. 급작스러운 죽음으로 두 형제를 한꺼번에 잃은 슬픔을 노래했다. 전반부는 형제를 잃은 시인의 슬픔을 묘사했고, 후반부는 동생들이 남긴 어린 자식들이 울부짖는 모습이 가여워 또 다시 슬퍼지는 마음을 읊었다.

## 五妹約歸晤不果悵然有寄122)


千畝潭邊楓葉丹,
今年春去又秋殘.
只緣兄弟飄零甚,123)
姊妹都敎聚首難.

---

122) 晤(오): 만나다.
123) 飄零(표령): 떠돌아다니다. 바람에 날려 공중에 마구 흩날리다.

# 다섯째 여동생이 친정에 온다고 약속했는데 만나지 못하여 슬퍼하며 부치다

천 이랑 호수 가에
단풍잎 붉은데
올 봄 다 가고
또 가을이 다 지나가네
형제들이
여기저기 떠돌아다니니
자매가 다 모이기
제일 어렵구나

【해제】여동생 엽소번(葉小繁, 1626-?)과 만나기로 한 약속이 이루어지지 못하여 서운함을 읊었다. 엽소번은 심의수의 다섯째 딸이며, 자는 천영(千瓔)이다. 10살에 어머니를 여의었고 숭정(崇禎) 14년(1641) 11월 8일 왕복열(王復烈, 자 石書)에게 시집갔다. 명이 망한 후 남편과 함께 항주 고정산 부근에 살면서 고정산에서 은거하던 아버지와 형제들과 자주 왕래했다. 전반부는 봄에 온다던 약속도 어긋나고 가을에 온다는 약속도 어긋나버렸음을 말했고, 후반부는 형제들이 뿔뿔이 흩어져 살다보니 서로 만나기가 몹시 어려움을 토로했다.

## 病中檢雜稿付素嘉女

傷離哭死貧兼病,
寫盡凄凉二十年.
付汝將歸供灑淚,
莫留閨秀姓名傳.

# 병중에 잡다한 글을 정리하여 딸 소가에게 주다

이별을 슬퍼하고 죽음을 곡하며
가난에다 병까지
이십년 처량함을
다 글로 적었단다
너에게 주니
돌아가 눈물이나 뿌리고
내 이름은
남겨서 전하지 말거라

【해제】 소가(素嘉)는 딸 심수영(沈樹榮)이다. 심수영(沈樹榮)의 자는 소가(素嘉)이며, 엽소원의 질손(侄孫) 엽학산(葉學山)에게 시집갔다. 시와 사에 능했으며 저서로 『월파집(月波集)』이 있다. 한 평생 쓴 글을 상자에서 꺼내 하나하나 읽어보고 정리하여 딸에게 남기면서 지은 시이다. 전반부는 글에 담긴 시인의 다사다난했던 삶을 말했다. 그녀의 삶은 이별과 죽음으로 인한 고통, 가난, 병으로 점철된 처량한 일생이었다. 후반부는 딸에게 이 글을 읽고 눈물이나 흘리고 자신의 이름은 세상에 전하지 말라고 당부하였다. 이렇게 남긴 글은 이후 남동생 엽섭이 정리하여 『존여초(存餘草)』라는 이름으로 묶어냈다.

## 哭三弟威期二首　其二

悲歌彈鋏氣如霓,[124]
何事才餘命不齊.
惆悵生前空自負,
茂陵遺稿孰品題.[125]

124) 彈鋏(탄협): 협(鋏)은 칼 손잡이이다. 탄협은 칼을 두드린다는 것으로 곤
　　궁한 사람이 무엇인가를 간구한다는 의미이다. 전국시대 제(齊)나라 사
　　람 풍원(馮諼)이 가난하여 맹상군(孟嘗君)에게 의탁하였다. 맹상군이 그
　　를 천시하는 것을 알고 아랫사람이 풍원의 밥상에 채소 반찬만 주었더
　　니 얼마 후에 풍원이 기둥에 기대어 칼 손잡이를 두드리며 "긴 칼이여
　　돌아가자, 밥에 생선반찬이 없구나."라고 노래했다. 그러자 맹상군이 다
　　른 식객들과 동등한 대우를 해주었다. 또 얼마 후에 "긴 칼이여 돌아가
　　자, 외출하는데 수레가 없구나."라고 노래하니 사람들이 다 비웃으며 이
　　를 맹상군에게 알렸다. 맹상군은 수레를 타는 식객과 동등한 대우를 해
　　주라고 했다. 그랬더니 풍원은 친구에게 맹상군이 자신을 식객으로 삼
　　았다고 말했다. 그 후 다시 칼등을 두드리며 노래하길, "긴 칼이여 돌아
　　가자, 살 집이 없구나."했다. 사람들이 그를 탐욕스러워 만족을 모른다
　　고 여겨 매우 싫어하며 맹상군에게 알렸다. 맹상군이 그의 가족에 대해
　　묻자 노모가 계신다고 하였다. 맹상군을 그 말을 듣고 그들이 필요한
　　비용이 부족하지 않도록 해주었다. 그랬더니 다시는 노래를 부르지 않
　　았다. 이후 풍원은 맹상군이 곤궁에 처했을 때 용기와 지혜로 그를 도
　　와 그 어떤 식객보다 훌륭한 능력을 발휘하였다.
125) 茂陵(무릉): 한(漢) 사마상여(司馬相如)가 병으로 은퇴한 후 살던 곳으로
　　사마상여를 가리킨다. 여기서는 엽세용이 「몽유곤륜산부(夢遊崑崙山賦)」
　　를 지어 문명을 떨쳤으므로 그의 재주를 사마상여에게 견준 것이다.

# 셋째동생 위기를 곡하며 두 수  제2수

칼 두드리며 슬픈 노래 불러도
그 기세 무지개 같았는데
어찌하여 넘치는 재주에
수명이 나란히 하지 못하는가
슬프구나
생전에 자부한 일 부질없으니
무릉에 남은 글
누가 품평해주려나

【해제】 남동생 엽세용(葉世俗, 1619~1640 자 위기(威期))의 죽음을 애도
한 시이다. 어려서부터 총명하여 신동으로 이름나 15세에 수재(秀才)가 되
었으나 이후 과거시험에는 운이 따르지 않았다. 숭정(崇禎)12년(1639) 7월
형 세전(世佺)과 남경(南京)에 과거 응시하러 갔다가 병이 든 후 호전되지
않아 이듬해에 22세의 나이로 요절하였다. 전반부는 동생의 처지를 훌륭한
재주를 지녔으나 곤궁했던 풍원에 비유하였다. 후반부는 동생의 글재주가
너무 뛰어나 하늘이 그 재주를 아껴 일찍 데려간 것을 슬퍼하였다.

# 엽소환葉小紈 사詞

세상사는 뜬구름
인정은 흩날리는 버들 솜
어지러운 수심은 수천 가닥 실타래

# 浣溪沙

新月

纖影黃昏到小樓.
弱雲扶住柳梢頭.
捲簾依約見銀鉤.126)

妝鏡試開微露匣,
蛾眉學畫半含愁.
消光先自映波流.

---

126) 依約(의약): 희미하다. 어렴풋하다.

# 완계사

## 초승달

가는 달이 황혼녘에 작은 누대 이르고
약한 구름 버들가지 끝에 기대있는데
주렴 걷으니 은고리 달이 어렴풋이 보이네요.

화장 거울 열어보니 살짝 상자에 이슬지고
아미 눈썹 그려보다 반쯤 수심을 품는데
지는 달빛이 먼저 물결 비추며 흘러요.

【해제】『입택사징(笠澤詞徵)』에 수록된 작품으로 초승달을 노래하였다.
상편은 작은 누대의 주렴너머 초승달이 뜬 것을 노래하였고, 하편은 화장
을 하다말고 슬퍼하는데 달빛이 먼저 사라지는 것을 노래하였다. 마지막
구는 자신과 초승달과의 이심전심을 표현하였다.

# 浣溪沙

## 春日憶家

剪剪春寒逼絳綃. [127)]
幾番風雨送花朝.
黃昏時節轉無聊. [128)]

夢裏家鄉和夢遠,
愁中尺素與愁消.
夢魂書信兩難招.

---

127) 剪剪(전전): 바람에 스치거나 한기(寒氣)가 닥치는 모양.
128) 無聊(무료): 울적하다. 정신이 공허하다.

# 완계사

## 봄날 집 그리워

으슬으슬 봄추위가 비단옷에 밀려드는데
몇 번이나 비바람 속에 꽃핀 아침 보냈던가
황혼 무렵 갈수록 울적해진다.

꿈속의 고향은 꿈과 함께 멀어지고
수심 속의 편지는 수심과 함께 사라지니
고향 꿈과 편지를 둘 다 불러오기 어려워라.

【해제】『입택사징(笠澤詞徵)』에 수록된 작품으로 봄날 집을 그리워하는
마음을 노래하였다. 상편은 비바람이 불며 봄이 가는 것을 노래하였고, 하
편은 고향에 대한 꿈도 꾸기 어렵고 편지도 받기 어려워_더욱 착잡해지는
심경을 표현하였다.

# 踏莎行

過芳雪軒憶昭齊先姊二首129)　其一

芳草雨乾,
垂楊煙結.
鵑聲又過淸明節.
空梁燕子不歸來,
梨花零落如殘雪.

春事闌珊,
春愁重疊.
篆煙一縷銷金鴨.
憑闌寂寂對東風,
十年離恨和天說.

---

129) 芳雪軒(방설헌): 엽소환의 언니 엽환환이 시집가기 전에 거했던 건물 이
　　름. 오몽당(午夢堂)의 서남쪽에 있으며 북쪽으로 엽소란이 거했던 소향
　　각(疏香閣)과 마주하고 있다.

# 답사행

방설헌에 들러 죽은 소제언니를 그리워하며 두 수   제1수

향긋한 봄풀에 비가 마르고
늘어진 버들에 안개 어리며
두견새 소리 속에 또 청명절 지나간다.
빈 들보에 제비는 돌아오지 않았건만
배꽃은 떨어져서 잔설 같구나.

봄 일이 다하면서
봄 수심 겹겹이 쌓이는 사이
전향 한 가닥이 오리 화로에서 스러진다.
난간에 기대 쓸쓸하니 봄바람 맞으며
십년 이별의 한을 하늘에게 말하노라.


【해제】 『입택사징(笠澤詞徵)』에 수록된 작품으로 방설헌을 지나다가 죽은 언니 엽환환을 그리워하며 쓴 두 수 가운데 제1수이다. 방설헌은 엽환환이 시집가기 전에 거하던 곳으로 이곳을 지나다가 죽은 언니생각이 나서 지은 것이다. 상편은 청명절이 지나면서 봄이 가는 것을 노래하였고, 하편은 봄이 가는 슬픔 속에서 언니와의 사별로 인해 더욱 슬픈 심정을 노래하였다.

# 踏莎行

## 過芳雪軒憶昭齊姊二首　其二

萱草緣階,
桐花垂戶.
陰陰綠映淸凉宇. [130]
輕風搖曳繡簾斜,
畫屏難掩愁來路.

世事浮雲,
人情飛絮.
懨懨愁緒絲千縷.
無聊常自鎖窓紗,
嬌鶯百囀知何處.

---

130) 陰陰(음음): 우거져서 뒤덮다.

# 답사행

방설헌에 들러 죽은 소제언니를 그리워하며 두 수  제2수

원추리가 계단 따라 나있고
오동 꽃이 문에 드리워서
무성하게 푸르른 시원한 집.
가벼운 바람이 수놓은 주렴 비스듬히 잡아끄는데
그림 병풍이 수심 오는 길을 막기는 어렵구나.

세상사는 뜬구름
인정은 흩날리는 버들 솜
어지러운 수심은 수천 가닥 실타래.
울적하게 항상 비단창 안에 갇혀있으니
고운 꾀꼬리 수없이 울어대도 어디일런가.

【해제】『입택사징(笠澤詞徵)』에 수록된 작품으로 방설헌을 지나다가 죽은
언니 엽환환을 그리워하며 쓴 두 수 가운데 제2수이다. 상편은 원추리와
오동 꽃이 무성한 방설헌에서 언니생각이 남을 노래하였고, 하편은 비단
창안에서 지내면서 언니생각에 슬퍼지는 것을 노래하였다. 하편 제1~3구
가 명사형으로 종결하여 함축미와 여운이 느껴진다.

# 水龍吟

秋思, 和母韻131)

西風一夜凉生,
小院秋色還依舊.
井梧聲碎,
驚回殘夢,
鴉啼衰柳,
竹粉全消,
荷香初散,
韶光難又.
看階前細草,
凝愁凝怨,
無語憫憫低首.

幽徑湖山徒倚,
雨方收、苔痕如繡.
萍蕪飄盡,
曲池清淺,
照人眉皺.

---

131) 심의수(沈宜修)의 <수룡음(水龍吟)>(西風昨夜吹來)의 운자를 그대로 따
   랐다. 상편의 운자는 구(舊), 류(柳), 우(又), 수(首)이고 하편의 운자는
   수(繡), 추(皺), 후(候), 주(奏)이다.

# 수룡음

**가을상념 어머니 사의 운자에 화답하여**

가을바람 밤새 싸늘해지면서
작은 정원의 가을풍경 다시 예전 같지요.
우물가의 오동잎 부서지는 소리에
남은 꿈에서 놀라 깨니
까마귀가 시든 버드나무에서 우네요.
대나무 흰 가루 완전히 사라지고
연꽃 향기 이제 막 흩어지니
아름다운 시절 다시 오기 어려워요.
계단 앞의 가는 풀을 보니
근심 어린 듯 원망 서린 듯
말없이 수척하니 고개 숙였지요.

그윽한 길로 호수와 산이 그저 기대있는데
비가 막 그치자 이끼자국 수놓은 듯했지요.
부평초와 들풀 다 흩날리고
굽은 연못은 맑고 얕아서
사람의 찌푸린 눈썹까지 비췄었지요.

野寺疏鐘,
長江殘月,
去年時候.
謾追思、付與東流,
聽取夕陽蟬奏.

들판 절의 성긴 종소리
장강의 지는 달빛
작년이었지요.
멋대로의 회상을 동으로 흐르는 강물에게 주는데
석양 속에 매미 소리 들려오네요.

【해제】『입택사징(笠澤詞徵)』에 수록된 작품으로 어머니 심의수의 〈수룡
음(水龍吟)〉두 수에 화운하여 가을상념을 노래하였다. 상편은 가을 정원
의 다양한 경물을 통해 가을의 슬픈 정경을 그려내었으며, 하편은 남경 호
숫가에서의 옛일을 회상하여 노래하였다.

# 浣溪沙

贈女婢隨春

嫋娜隨風通體輕.
臨風無語暗傷情.
疑來洛浦不分明.

慣把白團兜粉蝶,
戲將紅豆彈流鶯.
見人故意反生嗔.

# 완계사

### 시녀 수춘에게 주다

한들한들 바람결에 온 몸이 가벼운데
바람 맞으며 말없이 남몰래 마음 아파하니
아마도 낙포가 분명하지 않아서인 듯.

습관처럼 흰 부채 잡고서 나비를 잡으며
장난삼아 붉은 콩을 꾀꼬리에게 던지는데
사람을 보면 일부러 도리어 화내는 듯.

【해제】 언니들과 더불어 어머니의 시녀 수춘을 노래한 작품이다. 엽소란이 먼저 수춘을 노래하자 이에 호응하여 엽환환과 더불어 수춘을 노래하였다. 나중에는 어머니 심의수와 아버지 엽소환까지 모두 수춘을 노래하였다. 상편은 수춘을 「낙신부(洛神賦)」의 여신에 비유하였고, 하편은 나비를 잡거나 홍두를 던지거나 괜히 화를 내는 등 수춘의 심술궂은 행동을 노래하였다.

# 菩薩蠻

## 別妹

燈前半載消魂酒.
明朝又欲重回首.
月冷黛痕低.
庭花向晚迷.

薰風初入面.[132]
帶得殘春倦.
歸夢落霞邊.
湖光蕩漾天.[133]

---

132) 薰風(훈풍): 따뜻한 바람. 초여름에 부는 동남풍을 가리킨다.
133) 蕩漾(탕양): 물결에 일렁이는 모양.

# 보살만

### 여동생과 헤어지며

등불 앞에 넋이 나가는 술 반쯤 실었는데
내일이면 또 다시 고개 돌리려 하네.
달빛 싸늘하고 눈썹자국 처졌는데
정원의 꽃은 저물녘에 희미하네.

따뜻한 바람이 막 얼굴에 닿는데
늦봄의 나른함을 띠고 있네.
돌아갈 꿈은 해지는 노을 가에서
호수 빛 일렁이는 저 하늘로.

【해제】 7살 아래의 여동생 엽소번(葉小繁)과 헤어지는 슬픔을 노래하였
다. 엽소환과 엽소번 사이에 여동생이 한 명 있긴 한데 자료가 전하지 않
는다. 상편은 송별의 자리에서 저녁까지 술 마시는 모습을 노래하였으며,
하편은 앞으로 가야할 여정을 짚어 보았다.

# 臨江仙

經東園故居

舊日園林殘夢裏,
空庭閑步徘徊.
雨乾新綠遍蒼苔.
落花驚鳥去,
飛絮瀁愁來.[134]

探得春回春已暮,
枝頭纍纍靑梅.
年光一瞬最堪哀.
浮雲隨逝水,
殘照上荒臺.

---

134) 瀁(낭): 흐리다.

# 임강선

## 동쪽정원의 옛 거처를 지나며

옛날의 정원 숲 남은 꿈속에서
텅 빈 정원 한가로이 거닐며 서성였는데
비 마른 신록 아래 푸른 이끼 깔렸었지.
떨어지는 꽃에 놀란 새는 날아가고
날리는 버들 솜에 흐린 수심 찾아드네.

다시 온 봄을 찾았더니 봄은 이미 저물어
가지 끝에 송이송이 푸른 매실
한 해에 이 순간이 가장 슬프다.
뜬구름은 흐르는 강물을 따르고
남은 햇빛 황폐한 누대 위에 비친다.

【해제】 동쪽 정원의 옛 거처에 대한 꿈을 꾸고 난 후 그 감회를 노래하였
다. 상편은 동쪽정원의 꿈을 깨고 난 후 늦봄에 슬퍼지는 심사를 노래하였
고, 하편은 봄이 이미 가버린 슬픔을 통해 옛 시절에 대한 아쉬움을 노래
하였다. 하편 제2구의 '푸른 매실[靑梅]'은 이미 가버린 봄을 의미한다.

練香閣詞

## 엽소란<sup>葉小鸞</sup> 시<sup>詩</sup>

돌아온다는 기약 강바람에 어긋나
수심 속에 꽃 피기를 삼년
조각배에 술을 싣고
지는 꽃을 아쉬워하네

# 九日

風雨重陽日,
登高漫上樓.<sup>135)</sup>
庭梧爭墜冷,
籬菊盡驚秋.
陶令一樽酒,<sup>136)</sup>
難消萬古愁.
滿空雲影亂,
時共雁聲流.

---

135) 登高(등고): 높은 곳에 오르다. 중양절 풍속의 하나. 음력 9월 9일 중양
절에 높은 곳에 올라 수유를 몸에 지니고 국화주를 마시며 악귀를 쫓는
세시풍속이 있었다.
136) 陶令(도령): 동진(東晉) 도연명(陶淵明). 그가 팽택현령(彭澤縣令)을 지냈
으므로 일컫는 말이다. 평택현령이 된 지 80여 일만에 벼슬을 버리고
고향으로 돌아가 은거하였다. 귀은한 뒤 평범한 농부의 길을 걸으며 음
주와 독서로 낙을 삼고 살았다.

190 ‖ 엽환환 엽소환 엽소란 시사선

# 중양절

비바람 부는 중양절
높이 오르려고 멋대로 누대에 올랐다
뜰의 오동잎 앞 다퉈 떨어지고
울타리에 국화는 모두 가을에 놀란 듯
도연명의 술 한 동이로도
만고의 시름 풀기는 어려워라
하늘 가득 어지러운 구름 그림자
때때로 우는 기러기와 함께 흘러가네

【해제】 엽소란이 죽기 직전 숭정 5년(1632) 가을에 쓴 시이다. 10월 결혼
식을 앞두고 병석에서 맞이한 중양절에 느낀 감회를 읊었다. 비바람 부는
가을 풍경을 통해 죽음 앞에 선 깊은 시름을 노래했다.

# 曉起

曙光催薄夢,
淡煙入高樓.
遠山望如霧,
茫茫接芳洲.
淸露滴碧草,
色與綠水流.
窺妝簾帷捲,137)
淸香逼衣浮.
聽鶯啼柳怨,
看蝶舞花愁.
茲日春方曉,
春風正未休.

---

137) 窺(규): ~하려고 하다.

# 새벽에 일어나

새벽빛이 희미한 꿈 깨우는데
옅은 안개 높은 누대로 들어오네
안개처럼 보이는 먼 산
아득히 향긋한 모래섬으로 이어지네
맑은 이슬 푸른 풀에 방울져
이슬 빛이 푸른 물과 흘러가네
단장하려고 주렴을 걷는데
맑은 향기 옷에 스며드네
버들가지에서 지저귀는 꾀꼬리 소리
원망스레 들리고
꽃밭에서 춤추는 나비
근심스러워 보이네
봄날이 막 밝아오는 오늘
마침 봄바람도 쉬지 않고 부네

【해제】 봄 새벽에 보이는 풍경과 일상을 노래했다. 엽소란은 이 시를 자신이 거처하던 소향각(疏香閣)에 걸어두었는데 큰언니 엽환환(葉紈紈)이 이에 화답하여 「경장의 소향각에 쓰다(題瓊章妹疏香閣)」를 지었고 작은언니 엽소환(葉小紈) 역시 화답하는 시를 지어 주었다. 이를 본 어머니 심의수 역시 세 자매의 소향각시 3수에 각각 화운한 시를 지었다. 가족 간에 서로 시를 주고받으며 문학 활동을 전개했던 명말 여성문학 활동의 일단을 엿볼 수 있다.

## 池畔

凉風襲輕袂,
徘徊臨前池.
欄花映日發,
婀娜餘芳姿. 138)
澄波燦明鏡,
照我幽人思. 139)
我思在霄漢,
颷擧任所之.
但恐歲月晚,
相看淚如絲.
試採芙蓉花,
何如茹隱芝. 140)

---

138) 婀娜(아나): 가볍고 부드러운 모습.
139) 幽人(유인): 은거(隱居)하는 사람. 마음속으로 그리는 이를 가리킨다.
140) 茹(여): 들이다. 용납하다. 납(納)의 뜻이다.

# 연못가에서

시원한 바람 얇은 소매에 불어와
연못 앞을 배회하노라니
난간 가 햇빛 속에 피어난 꽃
하늘하늘 고운 자태 넘쳐나고
맑은 물결 밝은 거울처럼 반짝이며
님 그리는 나를 비춘다
내 님은 저 은하수에 있으니
회오리바람 타고 가고파
다만 세월이 늦었을까 두려워
바라보며 눈물 줄줄 흘린다
부용꽃 꺾으려 하는데
저 숨은 지초를 어떻게 받아들이나

【해제】신선이 되어 승천하고 싶은 꿈을 이룰 수 없어 슬픈 마음을 노래
했다. 은하수에 그리는 님이 있어 회오리바람 타고 가고 싶지만 신선이 아
닌 몸으로는 불가능하다. 시간은 자꾸 흘러가는데 꿈은 이룰 수 없어 눈물
만 흐른다. 마지막 2구는 혼례를 앞두고 있으니 평소에 품었던 뜻을 버릴
수밖에 없는 안타까움을 읊었다. 부용꽃은 남편을 얻음을 말하고 숨은 지
초는 신선이 되고 싶은 꿈을 상징한다.

# 秋雁

西風天氣肅,141)
萩萩梧飄黃.142)
征人塞上淚,143)
隨雁歸故鄕.
我無遼陽夢,144)
何事飛蒼茫.
所有一緘書,
欲致瑤臺傍.
寄之西王母,
賜吾金玉漿.145)
一吸生瓊羽,
與爾共翶翔.146)

---

141) 肅(숙): 숙살(肅殺). 가을에 만물이 시드는 것을 가리킨다.
142) 萩萩(속속): 바람이 세게 부는 소리.
143) 淚(루): '영(影)'으로 된 판본도 있다.
144) 遼陽夢(요양몽): 요양의 꿈. 귀향의 꿈. 『수신후기(搜神後記)』에 의하면 요동(遼東) 사람 정령위(丁令威)가 신선 술을 배워서 학으로 변하여 고향으로 돌아갔다고 한다.
145) 金玉漿(금옥장): 금장옥례(金漿玉醴). 진(晋) 갈홍(葛洪)의 『포박자(抱朴子)·내편(內篇)』에 "주초가 명산 암석 가운데 자라는데 즙이 피와 같다. 금옥을 그 속에 넣으면 곧 진흙처럼 환이 되는데 오래두면 물이 된다. 금을 넣으면 금장, 옥을 넣으면 옥례라고 하는데 복용하면 장생한다. (朱草生名山岩石中, 汁如血, 以金投其中, 立便可丸如泥, 久則成水. 以金投之, 名爲金漿, 以玉投之, 名爲玉醴, 服之皆長生."고 한다.
146) 爾(이): '아(我)'로 된 판본도 있다.

# 가을 기러기

가을바람에 날씨 쌀쌀해지니
바스락바스락 누런 오동잎 날린다
변방에서 눈물 흘리는 나그네 마음
기러기 따라 고향으로 돌아간다
나는 귀향할 필요가 없는데도
무슨 일로 아득히 날아가나
내가 지닌 서신 한 통 가지고
요대로 가서
서왕모에게 부쳐주렴
나에게 금옥장을 내려달라고
한 번 마시면 흰 날개 돋아
기러기 너와 함께 비상하리라

【해제】 서왕모에게 부탁하여 날개 돋는 선약(仙藥)을 얻어 가을 기러기와 함께 비상하고 싶은 마음을 노래하였다. 전반 6구는 일반인들이 가을 기러기를 통해 고향으로 서신을 부치는 상황을 읊었다. 그러나 시인은 후반부에서 이런 일반 사람들과는 다른 소망을 기러기에게 기탁함으로써 반전을 시도한다. 시인의 소망은 신선이 되는 것, 그래서 서왕모에게 편지를 부친다.

# 山中思

山氣深兮岑寂,[147]
危巒複兮蒼茫.[148]
上有長松之欹倚,
下有古碉之清凉.
俯眺兮平麓,
遙瞻兮層谷.
水流兮花開,
緣崖兮茅屋.
風淅淅兮落紅葉之蕭蕭,
草萋萋兮映碧蘿之迢迢.[149]
白露兮濕無名之綠草,
枯藤兮掛子規之孤巢.
閉石室兮理瑤琴,[150]
蔭林屋兮密森陰.[151]
渺惆悵兮叢桂,[152]
黯思君兮我心.

---

147) 岑寂(잠적): 쓸쓸하고 적막한 모양.
148) 蒼茫(창망): 끝없이 광활한 모양.
149) 碧蘿(벽라): 여라(女蘿). 나무를 타고 오르며 자라는 기생식물의 일종.
　　迢迢(초초): 춤추듯 흔들리는 모양.
150) 石室(석실): 전설상의 신선의 동굴.
151) 林屋(임옥): 임옥산(林屋山). 도교의 십대동천(十大洞天)의 하나로 강소성
　　(江蘇省) 오현(吳縣) 동정서산(洞庭西山, 옛 이름은 包山)에 있다.
152) 叢桂(총계): 계수나무 떨기. 은사(隱士)를 가리킨다. 『초사(楚辭)·초은사
　　(招隱士)』에 "계수나무가 산 깊은 곳에서 무리지어 자라네(桂樹叢生兮山
　　之幽)"라는 구절이 있다.

# 산중생활을 동경하며

산기운 깊어 적막하고
높은 산 첩첩이 광활하네
산위에는 장송이 기대어 있고
산 아래는 오래된 골짜기 서늘하네
내려 보니 평평한 산기슭
멀리 보니 층층의 계곡
물 흐르는 곳에 꽃 피고
벼랑 가에 초가집 있다네
쏴쏴 부는 바람에 단풍잎 바스락바스락 떨어지고
무성한 풀밭에 벽라가 하늘하늘 비치네
흰 이슬이 이름 모를 푸른 풀 적시고
마른 등나무에 외로운 두견새 둥지 걸려있네
석실을 닫고서 거문고 가다듬는데
울창한 임옥산 숲 그늘 짙다네
계수나무 떨기에 아득히 슬퍼지니
그대 그리는 이 내 마음 암담하여라


【해제】 시인이 동경하는 삶을 초사(楚辭)체를 빌어 노래하였다. 시인의 바람은 속세를 떠나 산속에서 은거하는 것이다. 제1구에서 제14구까지 편폭의 대부분을 산중의 이상향을 그리는데 할애하고, 마지막 2구에서 실현 불가능한 꿈으로 인한 슬픔을 드러내었다. 산 속에서 은거하는 이상적인 생활을 아름답고 세밀하게 묘사하며 시인의 꿈을 매우 구체적으로 그린 점이 이 시의 포인트다. 그것은 산중 생활에 대한 시인의 동경이 그토록 간절했기 때문이다. 그러므로 맨 마지막에 슬쩍 붙여놓은 그의 참담한 심정은 간략한 표현과는 달리 그 비통의 심연을 알 수 없게 된다.

## 慈親命作四時歌

夏

槐陰滿地人初起,
呢喃掠水風翻紫.153)
晝閑只有鶯亂啼,
香氣菁蔥浮芳芷.154)
池中菡萏羨霞妝,155)
簾前茉莉含冰蕊.
蕉葉風淸映畫廊,
畫廊曲繞鴛鴦沚.
寂寞枝頭落槿花,
人靜棋聲碧窓裏.
夢回枕簟玉肌涼,
繡床團扇淸如水.
朱欄倦倚晚風多,
落霞夕霽如明綺.
漸看新月掛枝梢,
隔浦採蓮歌未已.156)

---

153) 呢喃(니남): 낮은 소리로 재잘거리다, 제비가 지저귀는 소리.
154) 菁蔥(청총): 푸른색.
155) 菡萏(함담): 연꽃.
156) 浦(포): 원문에는 '포(蒲)'로 되어있으나 바로잡았다.
　　採蓮歌(채련가): 채련곡(採蓮曲). 악부청상곡(樂府淸商曲)에 속하는 곡조
　　이름. 주로 강남의 풍광과 연밥 따는 아가씨를 노래한 악부민가이다.

# 어머니가 명하여 지은 사계절 노래

## 여름

홰나무 그늘이 땅을 뒤덮은 데서 사람 막 일어나니
지지배배 물 찬 제비가 바람을 가르네
한가로운 낮에 어지러운 꾀꼬리 소리뿐
향기와 푸른빛이 지초 위에 떠있네
연못 안 연꽃 노을 화장 부럽고
주렴 앞 말리화 얼음 꽃술 머금었네
맑은 바람결에 파초 잎이 채색 회랑에 비치고
채색 회랑 구불구불 원앙 연못을 둘렀네
가지 끝에서 무궁화 고요히 떨어지는데
푸른 창 안에는 인기척 없이 바둑 소리만 나네
대자리에서 꿈을 깨니 옥 같은 피부 서늘한데
수틀 위의 둥근 부채는 물처럼 말갛네
붉은 난간에 나른히 기대니 저녁바람 넉넉하고
노을 진 맑은 저녁하늘 비단처럼 환하네
초승달이 차츰 가지 끝에 걸리는 것을 보고 있자니
포구 너머 채련가는 그칠 줄 모르네

【해제】 어머니 심의수(沈宜修)의 요청으로 세 자매가 모두 사계절을 노래
하는 시를 지었다. 엽소란이 지은 시 중에서는 「여름」 한 수를 골랐다. 눈
에 보이고 귀에 들리는 여름 풍경과 규방여인의 여름 일상을 그려낸 것이
마치 한 폭의 맑고 투명한 수채화 같다.

## 雲期兄以畫扇索題賦此157)

春來處處盡芳菲,
寂寂山花映水飛.
水色似明春月鏡,
花光欲上美人衣.
子規啼老無人處,158)
蝴蝶滿山紛落絮.
邈然靑天不可攀,
惟見江水流潺湲.159)
江外雲山幾曲重,
丹崖翠岫交蒙茸.160)
霏微煙際桃花雨,161)
氤氳香前薜荔風.162)
松聲一響度萬壑,
下有幽人桂艇泊.
扣舷長嘯數峯靑,
臥看吹花巖下落.
沉沉溪畔石屛開,163)
裊裊游絲綴綠苔.

---

157) 雲期(운기): 엽세전(葉世佺, 1614~1658)의 자. 엽소란의 오빠이며 심의수
　　 의 맏아들이다.
158) 子規(자규): 소쩍새. 두견새.
159) 潺湲(잔원): 끊임없이 흘러가는 모양.
160) 蒙茸(몽용): 마구 뒤섞인 모양.
161) 霏微(비미): 연기나 안개가 잔뜩 끼어 흐릿한 모양.
162) 氤氳(인온): 아득하고 자욱한 모양, 진한 향기.
　　 薜荔(벽려): 넝쿨 류의 식물 이름.
163) 沉沉(침침): 소리 없이 고요한 모습.

## 운기오빠가 그림부채에 적을 시를 찾기에 이 시를 지어준다

봄이 오니 여기저기 온통 꽃이 피어
소리 없이 날리는 산꽃 물에 비치네
물빛은 거울 같은 봄 달처럼 환하고
꽃빛은 미인의 옷에 오르려 하네
소쩍새 울다 지친 인적 없는 곳
나비는 온 산 가득 분분한 버들 솜
아득한 저 푸른 하늘에 오를 수 없어
끝없이 흐르는 강물만 바라보네
강 너머 구름 낀 산 수없이 겹쳐진 곳에
붉은 절벽과 푸른 산봉우리 서로 섞였는데
자욱한 안개 속에 복사꽃 비 내리고
진한 꽃향기 앞으로 벽려 바람 이네
수많은 골짜기 지나온 한 자락 솔바람 소리
그 아래 은자의 계수나무 배 있네
뱃전 두드리며 길게 휘파람 부니 뭇 산봉우리 푸르고
누워서 바위 아래로 떨어지는 꽃 바라보네
고요한 시냇가에 바위병풍 펼쳐져 있고
살랑대는 버들가지 푸른 이끼에 이어지네

碧羅倒掛亘千尺,[164]
深山寂靜眞幽哉.
白雲千古悠悠在,
獨坐對此心徘徊.
前溪流出胭脂水,
疑是漁郎渡口來.[165]

164) 碧羅(벽라): 벽라천(碧羅天). 푸르고 맑은 하늘.
　　亘(긍): 뻗치다. 서로 잇닿다.
165) 渡口(도구): 나루. 이 구는 도연명의 『도화원기(桃花源記)』에 나오는 이
　　야기를 원용하여 동양의 유토피아를 상징하는 도화원(桃花源)을 연상한
　　것이다. 도연명의 『도화원기(桃花源記)』는 어부가 배를 타고 복사꽃이
　　물에 떠오는 것을 따라가다가 도화원에 이르렀지만 집으로 돌아온 후에
　　다시는 그곳을 찾을 수 없었다는 이야기이다.

푸른 하늘에 거꾸로 걸린 폭포는 천 길 뻗어있고
깊은 산 고요하니 정말로 그윽하여라
흰 구름 천고에 유유히 떠가니
홀로 앉아 이를 대한 내 마음 배회하네
앞 시냇물에 붉은 꽃 떠가니
아마도 어부가 나루에 올 것 같네

【해제】 큰오빠 엽세전이 산수화가 그려진 부채에 제시를 지어달라고 부탁
하여 쓴 제화시(題畵詩)이다. 시에 그려진 풍경은 아마도 부채 그림을 세
세히 묘사한 것이리라. 한 폭의 산수화를 마주한 작가는 그곳을 이상향인
도화원이라 상상하고 어부가 곧 그곳을 찾아 올 것이라 하였다.

# 憶父京師

風雪催殘歲,
山川隔上都.166)
鄉書空北往,
胡馬日南驅.167)
江上蓴鱸老,168)
城頭鼓角鳴.
何堪一回首,
千里白雲孤.

---

166) 上都(상도): 수도. 경사(京師)와 비슷한 말.
167) 南驅(남구): 남쪽으로 달리다. 오랑캐가 남하하여 침략해오는 것을 가리킨다.
168) 蓴鱸(순로): 순채와 농어. 고향을 그리는 마음을 상징한다. 남조(南朝) 송(宋) 유의경(劉義慶)의 『세설신어(世說新語)·식감(識鑑)』에 "장한(張翰)이 제왕(齊王) 사마경(司馬冏)의 동조연(東曹掾)으로 부름을 받아 낙양에 있을 때 가을바람이 이는 것을 보자 고향 오중(吳中)의 줄풀국과 농어회가 생각나서 '인생에서 귀한 것은 마음에 만족함을 얻는 것인데, 어찌 수 천리 떨어진 곳에서 벼슬살이하면서 명예와 작위를 구하겠는가?' 라 하고는 수레를 몰아 돌아갔다.(張季鷹辟齊王(司馬冏)東曹掾, 在洛, 見秋風起, 因思吳中蓀菜蓴鱸魚膾, 曰人生貴得適意爾, 何能羈宦數千里以要名爵, 遂命駕便歸)"라는 구절이 있다.

# 북경에 계신 아버지를 그리며

눈바람은 남은 한 해 재촉하고
산천은 수도를 가로막았네
고향의 편지 부질없이 북경으로 가고
오랑캐 말은 날마다 남쪽으로 내려오네
강에는 순채와 농어가 늙어가고
성곽에는 북과 피리 소리 울린다
어찌 차마 고개 돌려 보리오
천리에 외로운 흰 구름을

【해제】 북경에서 벼슬하고 있는 아버지 엽소원(葉紹袁)을 그리워하며 지은 시이다. 엽소원은 숭정(崇禎)원년(1628) 북경국자감조교(北京國子監助敎)로 발령받아 근무하다가 공부우형사주사(工部虞衡司主事), 강남최취방의차(江南催取胖衣差)를 거쳐 숭정(崇禎)3년(1630) 1월에 조양문성수(朝陽門城守)가 되었다. 이 해 청나라 군대가 공격해 들어오는 바람에 엽소원은 몹시 어려운 상황에 직면했고 가족들은 엽소원의 안전을 염려하였다. 제1연은 세모라는 시간적 배경과 오강(吳江)과 북경 사이의 공간적 거리를 묘사했다. 제2, 3연은 오강과 북경을 각각 대비시켜 북경에 있는 아버지와 고향에 있는 가족들의 상황을 읊었다. 제4연에서는 북경과 오강 양쪽에서 서로 그리워하는 애절한 마음을 노래했다.

## 秋日村居次父韻作八首　其八

秋氣悲搖落,
清心淡不關.
竹梢梳白日,
水面洗靑山.
臨鏡花常曉,[169]
薰香韻自閒.
幽懷何所寄,
遠在碧霄間.

---

169) 曉(효): 알게 되다. 깨닫다.

# 가을에 시골에서 살며 아버지 시에 차운하다 여덟 수   제8수

만물이 쇠락하는 가을 슬프다지만
맑은 마음 담담하니 상관하지 않네
대나무 끝은 흰 해를 빗질하고
수면은 푸른 산을 씻어주네
거울 보면 늘 꽃 같은 모습을 깨닫고
향 피우면 그 운치가 절로 한가롭네
그윽한 이 마음 어디로 부칠까
저 멀리 푸른 하늘에

【해제】 숭정(崇禎) 4년(1631)년 8월 엽소원은 이반룡(李攀龍)의 「추일촌거(秋日村居)」 시를 모방하여 「추일촌거(秋日村居)」 8수를 지어 고향에서 은거하는 즐거움을 노래했다. 아내 심의수(沈宜修)와 세 딸 엽환환(葉紈紈), 엽소환(葉小紈), 엽소란(葉小鸞) 및 아들 엽세전(葉世佺)이 이에 화답한 시를 지어 온 가족이 함께 사는 기쁨을 나누었다. 이 시는 계절이 주는 슬픔과 무관한 담담한 마음, 향 피우고 고요함을 즐기는 한가로운 운치, 어디에도 매이지 않는 그윽한 마음을 통해 은거 생활에서 얻는 자유와 평화로움을 읊었다.

## 秋夜不寐憶蕙綢姊170)


夜色正蕭蕭,171)
輕風響竹梢.
檻桐催葉落,
岸柳泣絲飄.
砌冷蟲喧息,
燈殘火燼消.
彈棋曾敍別,
風雨又連宵.172)


---

170) 蕙綢(혜주): 엽소란의 둘째 언니 엽소환(葉小紈)의 자(字).
171) 蕭蕭(소소): 쓸쓸하다. 고요하다.
172) 連宵(연소): 밤새도록.

# 가을밤 잠 못 이루고 혜주 언니를 그리며

쓸쓸한 이 밤
미풍이 대나무 끝에 울리니
난간의 오동잎 서둘러 떨어지고
언덕의 버들가지 우는 듯이 나부낀다
싸늘한 섬돌에 벌레소리 그치고
꺼져가는 등불에 불똥이 사위어가네
바둑 두며 이별을 이야기 했었는데
비바람이 또 밤새도록 부네

【해제】 가을밤에 잠 못 이루며 둘째언니 엽소환을 그린 시이다. 제1연부터 3연까지는 시간의 흐름을 따라 바람의 세기가 변화해가는 과정을 묘사함으로써 밤새 잠 못 이루는 시인의 모습을 드러냈다. 대나무를 흔드는 미풍이 버들가지를 흔들어 마치 우는 듯한 소리를 내는 바람으로 변하고, 마침내는 비바람에 벌레 소리도 사라지는 과정을 섬세하게 묘사하여 시간의 흐름을 드러낸 점이 빼어나다. 엽소환은 이 시에 화운(和韻)한 「가을밤 동생 경장의 시에 화답하다(秋夜和瓊章妹)」를 지었다.

## 昭齊姊約歸阻風不至173)

寒爐撥盡爐微紅,174)
漠漠江雲敞碧空.
離別逐如千里月,
歸期遍悵一帆風.
愁邊花發三春日,
夢裏年驚兩鬢中.
雨雪滿窗消未得,
定應握手幾時同.

173) 昭齊(소제): 엽소란의 첫째 언니 엽환환(葉紈紈)의 자(字).
174) 撥(발): 정리하다. 정돈하다. 화로의 불씨를 다독이며 정돈하는 것을 말한다.

# 소제 언니가 온다고 약속했는데 바람 때문에 오지 못하여

식은 화로 휘저으니
붉은 불씨 조그만데
자욱한 강 구름이
푸른 하늘을 열었네
이별한 뒤 결국
천리 밖 달 같은 신세인데
돌아온다는 기약
강바람에 어긋나 슬프네
수심 속에 꽃 피기를 삼년
꿈속에서 해마다
흰 귀밑머리에 놀랐으리
창 가득 쌓인 눈
아직 녹지 않으니
손잡고 함께할 날
언제려나

【해제】 언니 엽환환이 친정에 온다고 기약하였으나 바람 때문에 오지 못하여 낙담한 마음을 노래했다. 결혼한 언니와의 만남은 쉽지 않다. 그래서 늘 하늘에 뜬 달처럼 멀게 느껴진다. 게다가 날씨까지 심술을 부리니 더욱 어렵다. 이미 못 만난 지 3년이 흘렀는데 시간은 속절없이 잘도 흘러가니 언제쯤 다시 만날 수 있을지 몰라 안타까운 마음만 가득하다.

## 庚午秋父在都門寄詩歸同母曁兩姊和韻

別離歲久各吝嗟,175)
蕭瑟西風道里賒.
鄉信幾傳遙涕淚,
歸期屢約黯年華.
羌夷笛裏寒梅落,
閶闔宮前御柳斜.176)
胡馬於今應出塞,
暫須寬慰莫思家.

---

175) 吝嗟(자차): 탄식하다.
176) 閶闔(여합): 합려성(閶闔城). 작자가 거주하고 있는 강소성(江蘇省) 소주
   (蘇州)를 가리킨다.

## 경오년 가을 아버지가 돌아온다는 시를 북경에서 보내와 어머니와 두 언니와 함께 화운하다

이별한 세월 오래되어
각자 탄식하니
소슬한 가을바람
길에 아득하네요
고향편지 전해질 때마다
멀리서 여러 번 눈물 흘렸고
귀향을 기약할 때마다
시절은 번번이 암담하네요
오랑캐 피리소리 속에
매화 질 때
합려궁 앞에는
버드나무 비끼었지요
오랑캐 말이
지금 국경을 넘었으니
잠시 마음 너그럽게 하시고
집 생각은 마세요

【해제】 숭정(崇禎) 3년(1630) 아버지 엽소원이 조양문성수(朝陽門城守)
로 재직할 때 보내온 편지에 화답한 시이다. 어머니 심의수와 언니 엽환
환, 엽소환과 함께 화운하였다. 당시 엽소원은 청나라 군대가 영평(永平)
을 공략해 들어와 긴급한 상황에 놓여있었는데, 그러한 아버지를 염려하
고 집 걱정은 말라며 위로하였다.

## 春日曉妝

攬鏡曉風淸,
雙蛾豈畫成.
簪花初欲罷,
柳外正鶯聲.

# 봄날 새벽 단장

맑은 새벽바람에 거울 열어
두 눈썹을 어떻게 그릴까
머리에 막 꽃을 꽂자
때마침 버드나무 너머
꾀꼬리 소리 들려온다

【해제】 1627년 12세 때 지은 것으로, 막 시 쓰기를 배우던 시기에 지은
작품이다. 아침에 일어나 눈썹을 그리고 머리 단장하는 어린 소녀의 모습
을 그렸다. 눈썹 그리는 법을 겨우 배워서 서툰 모습이 눈앞에 보이는 듯
하다.

# 己巳春哭沈六舅母墓所177)


十載恩難報,
重泉哭不聞.178)
年年春草色,
腸斷一孤墳.

---

177) 沈六舅母(심육구모): 엽소란의 외숙모 장천천(張倩倩, 1594~1627)을 가리
킨다. 외삼촌 심자징(沈自徵, 1591~1641)의 아내이며, 엽소란을 갓난 아
이 때부터 10세가 될 때까지 길러주었다.
178) 重泉(중천): 구천(九泉). 저승.

# 기사년 봄 외숙모의 묘에서 곡하며

10년 길러주신 은혜
보답도 못했는데
저승 가신 이는
곡소리도 듣지 못하리
해마다 봄풀 자라나는
애끊는 외로운 무덤

【해제】 1629년 외숙모 장천천의 죽음을 애도한 시이다. 집안이 가난하고
젖이 모자라 엽소란은 생후 6개월 만에 외삼촌 심자징 부부에게 맡겨졌다
가 10년 뒤 다시 집으로 돌아왔다. 장천천은 어머니 심의수의 고종사촌으
로 두 사람은 어려서부터 자매처럼 자라 서로 막역한 사이였다. 심자징과
장천천은 자식이 모두 요절하여 후사가 없던 차에 맡겨진 엽소란을 자기
자식처럼 애지중지하며 길렀다. 장천천 역시 시사(詩詞)에 뛰어났으며, 현
재 그녀의 시 4수와 사 3수가 『이인사(伊人思)』에 수록되어 전해진다.

# 壽祖母七袠179)

蟠桃初摘玳筵開,180)
玉洞羣仙曳佩來.181)
寶瑟瑤笙聲徹奏,182)
滿堂齊祝萬年杯.

---

179) 七袠(칠질): 칠순.
180) 蟠桃(반도): 반도승회(蟠桃勝會). 전설상 서왕모(西王母)가 삼천년에 한
    번 열매를 맺는다는 반도를 맛보여 주기 위해 요지(瑤池)에서 베푸는
    연회. 여기서는 할머니의 칠순 축수 잔치를 가리킨다.
    玳筵(대연): 대모로 만든 깔개자리. 화려한 잔치 자리를 비유한다.
181) 玉洞(옥동): 신선이 사는 거처.
    曳(예): (옷을) 입다.
182) 寶瑟瑤笙(보슬요생): 보석으로 장식한 거문고와 옥으로 장식한 생황.

# 할머니의 칠순을 축수하며


복숭아 막 따서
화려한 잔치 벌이니
옥동의 여러 신선들
패옥 끌며 오시네
보석 거문고 옥 생황
연주 마치자
온 집안사람 일제히 술잔 들고
만년 장수 기원하네


【해제】 숭정(崇禎) 2년(1629) 3월 11일 할머니 풍씨(馮氏)의 70세 생일
을 축하한 시이다. 많은 사람들이 모여 축수하는 칠순잔치를 신선들의 잔
치에 비유하여 할머니의 장수를 기원하였다.

## 寄昭齊姊

月白風淸愁萬重,
夢中不識別情濃.
欲知無限傷心意,
盡在殷勤緘一封. 183)

---

# 소제 언니에게 부치다

달 밝고 바람 맑으면
이 내 시름 만 겹인데
꿈속에서는
이별의 깊은 심정 몰라요
끝없이 상심한
이 내 맘 알고 싶다면
은근한 이 편지 한 통에
다 들어있지요

【해제】 큰언니 엽환환과 이별한 뒤 그리워하는 마음을 전하는 편지에 부친 시이다. 긴긴 사연 앞에 쓴 짧은 시를 통해 그리움과 슬픔의 깊이를 예측할 수 있다. 꿈속에서 언니를 만날 때면 둘이 서로 이별한 현실은 잊어버린다. 그러나 꿈을 깨면 꿈에서 밖에 만날 수 없는 현실이 더욱 아파 '끝없는 상심(無限傷心)'이 된다.

## 詠牛女二首　其一

攬拂淸輝映雪明,
含情自理晚妝成.
雙蛾久饜春山怨,[184]
今夕相看兩恨平.

---

184) 春山(춘산): 산 모양처럼 그린 두 눈썹을 가리킨다.

# 견우직녀를 노래하다 두 수  제1수


맑은 달빛 뿌리니
눈처럼 환한데
정을 품고
홀로 저녁 단장 마친다
오래 찌푸린 두 눈썹
봄 산에 서린 원망
오늘 저녁 서로 만나면
두 사람 한은 풀어지리라


【해제】 칠석날 견우직녀의 만남을 노래한 두 수의 연작시 가운데 제1수이
다. 칠석날 밤 아름답게 단장하고 견우를 만나러 가는 직녀를 묘사했다. 오
랜 기다림으로 찌푸린 눈썹이 견우를 만나면 환하게 펴질 것을 기대했다.

## 詠牛女二首　其二

碧天雲散月如眉,
漢殿新張翠錦帷. 185)
只恐夜深還未睡,
雙雙應話隔年悲.

---

185) 漢殿(한전): 은하수를 가리킨다.

# 견우직녀를 노래하다 두 수　제2수


구름 흩어진 푸른 하늘에
눈썹 같은 달
은하수에 새로 펼친
비취빛 비단 장막
다만 걱정하나니
밤 깊어도 잠 못 이루고
둘이서 분명
한 해의 슬픔을 이야기할거야


【해제】견우와 직녀의 애틋한 사랑이야기를 노래한 2수의 연작시 중 제2
수이다. 지난 한 해 동안의 이별의 슬픔을 이야기하느라 잠 못 이루는 두
연인을 걱정하는 마음을 노래하였다. 엽환환도 이 시와 같은 운자를 써서
「칠석날 견우와 직녀를 노래하다(七夕詠牛女二首)」를 지은 것으로 보아
자매들이 칠석날에 함께 모여 시를 지으며 즐겼음을 알 수 있다.

## 別蕙綢姊二首186) 其一


歲月驚從愁裏過,
夢魂不向別中分.
當時最是無情物,
疏柳斜陽若送君.


186) 蕙綢(혜주): 둘째 언니 엽소환.

# 혜주 언니와 이별하여 두 수  제1수

세월은 어느덧
수심 속에 지나가는데
꿈속의 넋은
이별 중에도 함께 있지요
그때
가장 무정했던 것은
언니를 전송하던
석양 속의 성긴 버들가지

【해제】 둘째 언니 엽소환과 이별한 뒤의 느낌을 노래한 2수의 연작시 중
제1수이다. 만나지 못하는 근심 속에 세월은 속절없이 흘러가고, 이별하
던 그날의 버들가지는 아직도 기억에 생생하다. 몸은 비록 헤어져 있지만
꿈속에서 나마 함께하기를 바라는 마음이 애절하다.

## 別蕙綢姊二首　其二


枝頭餘葉墜聲乾,
天外淒淒雁字寒. 187)
感別卻憐雙鬢影, 188)
竹窗風雨一燈看.

---

187) 雁字(안자): 줄지어 날아가는 기러기의 행렬.
188) 雙鬢影(쌍빈영): 두 귀밑머리를 내린 모습. 여기서는 엽소란 자신을 가
리킨다.

## 혜주 언니와 이별하여 두 수  제2수

가지 끝에 남은 잎
떨어지는 소리 메마르고
하늘 저 멀리
슬픈 기러기 떼 쓸쓸하네요
이별을 슬퍼하는 내 모습이
다시금 서글퍼
비바람 부는 대나무 창 아래서
등불만 바라보아요

【해제】 둘째 언니 엽소란과 이별한 뒤 느낀 쓸쓸함을 노래한 2수의 연작
시 중 제2수이다. 소슬한 가을밤 이별의 슬픔으로 잠 못 이루며 비바람
소리에 심란해하는 작자의 깊은 외로움이 느껴진다.

## 詠畫屛上美人十首　其八

曲欄杆畔滴芭蕉,
淺恨深情束細腰.
香煙一縷愁千縷,
好付春心帶雨飄.

# 병풍 그림 속 미인을 노래하다 열 수  제8수

굽이진 난간 가
파초에 눈물 떨구는 듯
가벼운 한과 깊은 정
가녀린 허리를 묶었구나
한 줄기 향 연기에
시름은 천 가닥
춘정을
봄비에 날려 보내면 좋겠는데

【해제】열 폭 병풍에 그린 미인도를 각각 노래한 연작시 10수 중 제8수이다. 전반부는 슬픔에 젖은 미인의 모습을 묘사했다. 정과 한이 가는 허리를 묶었다는 표현으로 다정하여 야윈 여인의 모습을 묘사한 점이 눈길을 끈다. 후반부는 미인에게 춘정으로 인한 시름을 봄비에 씻어버리라고 권하였다. 그게 무슨 해결책이 되겠는가? 참으로 대책 없는 일이다.

## 又題美人遺照三首　其二

微點秋波溜淺春,[189]
粉香憔悴近天眞.
玉容最是難摸處,
似喜還愁卻是嗔.

---

189) 微點(미점): 살짝 찍다. 눈동자를 빠른 붓놀림으로 슬쩍 그려놓다.
　　淺春(천춘): 초봄.
　　이 구는 초봄의 풍경을 바라보는 미인의 눈길을 가리킨다.

# 미인상에 다시 적다 세 수   제2수

초봄에 던지는
은근한 추파
분 화장 거의 사라져
천진스런 그 모습
옥 같은 얼굴
가장 알기 어려운 것은
기쁜 듯 근심하는 듯
다시 토라진 듯한 그 표정

【해제】원(元) 왕실보(王實甫)의 잡극(雜劇) 『서상기(西廂記)』의 여주인공 최앵앵(崔鶯鶯)의 모습을 노래하였다. 『서상기』는 최앵앵과 장군서가 여러 난관을 극복하고 자유연애를 쟁취하여 마침내 서로 결혼한다는 이야기이다. 명대까지도 매우 환영받았던 작품이었고 엽소원의 집에도 이 책이 있었다고 한다. 이 시는 바로 이 책에 붙어있는 최앵앵의 초상화에 제한 것이다. 초상화에 그려진 최앵앵의 표정을 매우 세심하게 묘사했다.

# 舟行四首　其二

輕雲淡淡水悠悠,190)
野鷺沙鷗浴蓼洲.191)
楊柳煙斜臨古渡,
小橋深處一漁舟.

---

190) 淡淡(담담): 희미하게 보이다.
191) 蓼(료): 여뀌.

# 배타고 가며 네 수   제2수


가벼운 구름 희미하고
물은 아득한데
해오라기와 갈매기
여뀌 핀 모래섬에서 자맥질하네
버드나무에 노을 비낀
옛 나루에 다가가니
작은 다리 한적한 곳에
고깃배 하나


【해제】 배를 타고 가다가 본 풍경을 노래한 연작시 4수 중 제2수이다. 배
를 타고 가며 본 풍경을 담백하게 표현하여 마치 가벼운 붓 터치로 그린
한 폭의 맑은 동양화를 보는 듯하다.

# 舟行四首　其四

黃鳥啼時春已闌,
扁舟載酒惜花殘.
遠山如黛波如鏡,
宜入瀟湘畫裏看. 192)

---

# 배타고 가며 네 수  제4수


꾀꼬리 울적에
봄은 이미 다하여
조각배에 술을 싣고
지는 꽃을 아쉬워 하네
먼 산은 눈썹 같고
물결은 거울 같아
소상 강 그림 속에
들어와 있는 듯하구나


【해제】배를 타고 가며 본 풍경을 노래한 연작시 4수 중 제 4수이다. 봄이 지나고 여름이 시작될 즈음의 풍경을 그렸다. 전반부는 지나가는 봄의 끝을 잡고 아쉬워하는 마음을 노래했고, 후반부는 멀리 보이는 풍경의 아름다움을 찬탄하였다.

## 梅花十首　其三

窓前幾樹玉玲瓏,[193]
半帶寒煙夕照中.
啼鳥枝頭翻落絮,
惜花人在畫樓東.

---

193) 玉玲瓏(옥영롱): 영롱한 옥. 매화를 비유한다.

# 매화 열 수  제3수

창 앞에 몇 그루
영롱한 옥에
차가운 안개 서려있네
노을 질 때에
가지 끝에서 새 지저귀니
버들개지 떨어져 날리는데
그 꽃 아끼는 사람
채색 누각 동쪽에 있네

【해제】 매화를 노래한 영물시(詠物詩) 10수의 연작시 중 제3수이다. 전반
부는 노을 속에 핀 매화의 영롱한 모습을 묘사했고, 후반부는 매화 꽃잎이
떨어지는 모습과 그것을 애석해하는 시인의 마음을 노래했다.

## 蓮花瓣

一瓣紅妝逐水流,
不知香豔向誰收.
雖然零落隨風去,
疑是凌波洛浦遊.194)

194) 洛浦(낙포): 낙수(洛水)의 물가. 낙수는 낙수의 여신 복비(宓妃)가 있는
곳이다. 삼국시대 위(魏)나라 조식(曹植)이 「낙신부(洛神賦)」에서 복비의
아름다움을 노래했다.

# 연꽃

붉은 꽃 한 송이
물 따라 흘러가는데
곱고 향기로운 그것
누가 거둬갈지 몰라라
비록 시들어
바람 따라 가고 있지만
아마도 물결 따라 흘러가
낙수에서 노닐거야

【해제】 시들어 떨어진 연꽃을 노래하였다. 물에 떠가는 연꽃의 아름다움을 낙수의 여신 복비에 비유하였다. 아름답던 꽃이 시들어 신선의 세계로 들어간다는 발상이 참 독특하다. 사라져가는 것들의 순간적인 아름다움에 대한 애상과 영원하기를 바라는 허망하고도 애틋한 마음이 드러난다.

## 竹枝詞八首　其四

荻花灘息白鷗機,[195]
灘上行人日暮稀.
人去人來人自老,
夕陽常逐片帆飛.

---

195) 息白鷗機(식백구기): 구로망기(鷗鷺忘機). 갈매기를 잡으려는 마음이 없
다는 뜻으로 교묘하게 속이려는 마음이 없으면 동류가 아닌 것과도 친
근하게 지낼 수 있음을 말한다. 은거하며 세상일에 매이지 않음을 비유
하는 말로도 쓰인다.

# 죽지사 여덟 수  제4수


갈대꽃 핀 물가
갈매기 잡을 마음 없어
그 여울 가에 해 지면
행인이 드물다
사람이 가고 사람이 오며
사람은 절로 늙어가는데
석양은 늘
조각배 따라 날린다

【해제】시인이 살았던 분호(汾湖)의 풍경을 노래한 민가풍의 연작시 8수 중 제4수이다. 전반부는 세상일에 마음 없는 사람들이 사는 곳이라 갈매기와 사람이 평화롭게 공존하는 모습을 그렸다. 후반부는 그 속에서 살아가는 사람들의 특별할 것 없는 순박한 삶을 읊었다. 엽환환의 「죽지사」 10수, 엽소환의 「분호죽지사(分湖竹枝詞)」 3수가 전해지는 것으로 보아 자매가 함께 창화한 작품이라 여겨진다.

# 竹枝詞八首 其六

秋入湖邊清若空,
蘋花搖蕩浪花風.
漁人網得霜螯蟹,<sup>196)</sup>
深閉柴門暮雨中.

---

196) 霜螯蟹(상오해): 상강(霜降) 무렵의 살진 게.

# 죽지사 여덟 수   제6수

가을이 든 호수
텅 빈 것처럼 맑은데
바람에 이는 파도에
마름꽃 일렁일렁
어부가 던진 그물에
살진 게 걸려들고
저녁빗속에
사립문은 굳게 닫혀있네

【해제】 엽소란이 살던 분호(汾湖)의 풍경을 노래한 8수의 「죽지사」 중 제
6수이다. 마름꽃 일렁이는 맑은 호수, 찾아오는 이 없어 닫힌 사립문, 상
강에 잡히는 살진 게로 분호의 가을 풍경을 묘사했다.

# 竹枝詞八首　其八

農家門外對清溪,
日日深林鳥自啼.
春去春來花遍野,
月圓月缺水平堤.

# 죽지사 여덟 수  제8수

우리 집 문 너머는
맑은 시내 마주하고
날마다 깊은 숲에서
새들이 지저귀네
봄이 오고 봄이 가며
들에 꽃이 가득하고
달이 차고 달이 기울며
강둑까지
물이 불어난다네

【해제】 엽소란이 살던 분호(汾湖)의 풍경을 노래한 8수의 「죽지사」 중 제 8수이다. 봄에 보이는 시골 풍경을 민간가요의 형식을 빌어 소박하고 평이하게 읊었다. 전반부는 시내와 마주하고 깊은 숲이 있는 집 주위 환경을 묘사했고, 후반부는 시간의 흐름에 따라 변화하는 아름다운 풍경을 노래했다.

# 엽소란葉小鸞 사詞

봄바람에 날아간 꿈은 어디에 있나
산꽃은 일부러 나를 기다려 피었네

## 搗練子

**暮春月夜**

春寂寂,
月溶溶.<sup>197)</sup>
落盡紅香膡綠濃.
明月淸風同翠幌,
夜深人靜小窓空.

---

197) 溶溶(용용): 물이 고요하고 질펀하게 흐르는 모양.

# 도련자

## 늦봄의 달밤

봄은 적적하고
달빛 넘실넘실.
붉은 꽃향기 사라지고 푸른 잎은 짙어가네.
밝은 달과 맑은 바람이 비취 장막에서 함께하더니
밤 깊어 사람 고요해지며 작은 창가 텅 비었네.

【해제】 늦봄 달밤의 고요한 풍경을 노래하였다. 제4구에서 달과 바람이
자신의 비취 장막 안에서 함께 한다고 하여 달밤을 즐기는 고아한 흥취를
표현하는 동시에 자신의 외로운 상황을 암시하였다.

# 如夢令

辛未除夕二首　其二

雁唳西風天際,
檻外梅花香細.
今夜與明朝,
試共相看不睡.
且睡.
且睡.
守歲何如別歲.198)

---

198) 何如(하여): 어찌~같으랴. ~만 못하다는 의미다.
　　이 구는 밤을 새워 새해를 맞는 것보다 잠을 자서 지난해를 떠나보내는
　　것이 낫다는 의미이다.

# 여몽령

## 신미년 제야　제2수

기러기 울고 서풍 부는 하늘가
난간 너머 매화는 향기가 가늘구나.
오늘 밤과 내일 아침까지
서로 보면서 자지 않으려했는데.
잠을 자자
잠을 자
밤을 새느니 지난해 떠나보내는 것만 못하리.

【해제】 숭정 4년(1631, 16세) 제야의 밤에 느낀 감회를 노래한 두 수 가운데 제2수이다. 밤을 새워 새해를 맞기보다는 편안하게 잠을 자며 지난해를 떠나보내는 것이 낫다는 견해를 밝히고 있다.

# 點絳脣

## 戲爲一閨人作春怨

新柳垂條,
困人天氣簾慵捲.
瘦寬金釧.[199]
珠淚流粧面.

凝佇憑欄,
忽睹雙飛燕.
閒愁倦.
黛眉淺淡.
誰畫靑山遠.[200]

---

199) 釧(천): 팔찌.
200) 畫靑山遠(화청산원): 원산미(遠山眉)의 눈썹을 그리다.

# 점강순

규방여인인양 장난삼아 봄의 원망을 노래하다

봄버들 새가지를 드리울 때
나른한 날씨에 마지못해 주렴을 걷으니,
수척해져 헐거워진 금팔찌
눈물방울이 화장한 얼굴에 흐르네.

멍하니 난간에 기대니
문득 짝지어 나는 제비가 보이네.
한가한 수심에 권태로워지고
눈썹먹 옅어졌지만
뉘라서 푸른 산 눈썹을 그려줄까?

【해제】 규방여인의 입장에서 봄의 원망을 노래한 작품이다. 엽소란은 결혼을 앞 둔 17세에 요절하였기 때문에 결혼한 여인의 슬픔을 알 리가 없다. 따라서 이 사는 아직 어린 소녀이지만 성숙한 여인이라도 된 양 가장한 채 노래하는 작품이다. 마지막 구에서 눈썹을 그려줄 정도로 부인을 사랑한 동한(東漢) 장창(張敞)의 고사를 인용하여 자신에게도 그런 배필이 있었으면 하는 심정을 드러내었다.

## 點絳脣

### 咏採蓮女

粉面新粧,
澹紅衫子輕羅扇.
昨宵鄰伴.
來約蓮塘玩.

棹泛扁舟,
影共蓮花亂.
深深見.
綠楊風晚.
空載閒秋返. [201)

---

# 점강순

## 연밥 따는 여인을 읊다

분바른 얼굴과 새로운 화장
분홍 저고리와 가벼운 비단 부채
어젯밤 이웃집 친구와
연꽃 핀 연못에서 놀기로 약속해서지.

조각배 띄워 노 저으니
배 그림자 연꽃과 함께 일렁이네.
깊디깊은 곳에서 만났지만
푸른 버드나무에 저녁 바람 불기에
한가로운 가을만 실은 채 헛되이 돌아오네.

【해제】 연밥 따는 여인이 곱게 단장한 보람도 없이 그냥 돌아올 수밖에 없는 안타까운 상황을 노래하였다. 상편은 어젯밤 약속을 지키기 위해 곱게 단장한 모습을 노래하였고, 하편은 배를 타고 연꽃 깊은 곳에서 만나지만 날이 저물어 그냥 돌아올 수밖에 없는 허무한 심정을 노래하였다. '깊디깊은[深深]' 곳에서 만났지만 시간의 제약으로 인해 그냥 돌아올 수밖에 없는 안타까움이 묻어난다.

# 浣溪沙

春思

紅袖香濃日上初.
幾番無力倩風扶.[202)
綠窓時掩悶粧梳.

一向多慵嫌刺繡,[203)
近來聊喜學臨書.[204)
鳥啼春困落花疏.

---

202) 倩(천): 청하다. 청(請)과 같다.
203) 一向(일향): 줄곧. 내내.
204) 臨書(임서): 전인(前人)의 글씨본을 보고 글씨를 쓰다.

# 완계사

## 봄날의 생각

해가 막 떠오를 때 붉은 소매에 향기 짙은데
몇 번이나 힘이 없어 바람 부축을 받았던가.
푸른 창 수시로 닫고 머리 빗고 화장하길 고민한다.

줄곧 수놓기 싫어하며 심히 귀찮아하다
요즘 붓글씨 배우면서 잠시 즐거워하는 사이
새 울면서 봄이 가서 지는 꽃도 드물구나.

【해제】 봄날 느끼는 자신의 생각을 노래하였다. 상편은 약한 몸으로 단장
조차 하기 귀찮은 생활을 노래하였고, 하편은 수놓기 대신 붓글씨를 배우
는 사이 봄이 가는 것을 노래하였다. 곱게 단장한 채 수를 놓는 전통적인
여인상보다는 붓글씨를 배우면서 스스로 즐기는 문학여성의 삶을 선호하
는 엽소란의 생각이 나타나있다.

# 浣溪沙

## 送春

春色三分付水流.205)
風風雨雨送花休.
韶光原自不能留.

夢裏有山堪遁世,
醒來無酒可澆愁.
獨憐閒處最難求.

---

205) 春色三分(춘색삼분): 버들 솜을 가리킨다. 송(宋) 소식(蘇軾)의 <수룡음
(水龍吟)·차운장질부양화사(次韻章質夫楊花詞)>에 "봄을 삼분하면 그 둘
은 흙먼지에 있고 나머지 하나는 흐르는 물에 있네(春色三分, 二分塵土,
一分流水)"라는 구절이 있다.

# 완계사

## 봄을 보내며

봄의 버들 솜은 물 따라 흐른다던데
비바람에 버들 솜 지는 일도 그치니
봄은 원래 만류할 수 없다네.

꿈속에는 세상 피할 만한 산이 있지만
깨어나면 수심 달랠만한 술이 없는데
안타깝게도 한적한 곳 구하기가 가장 어렵네.

【해제】 봄을 보내면서 드는 생각을 노래하였다. 상편은 비바람에 버들 솜
이 다 떨어지면서 봄이 가는 것을 노래하였고, 하편은 한적한 곳에서 홀로
수심을 달래고 싶은 심정을 노래하였다. 명대 사대부 여성들이 수심을 달
래기 위해 술을 마시는 일이 가능했음을 짐작할 수 있다.

# 浣溪沙

秋夕

風透疏櫺景色淸. 206)
凄凄四壁怨蛩鳴. 207)
夜深微濕露無聲.

砌上落花和月落,
簾前明月近花明.
又看河漢半斜傾.

---

206) 櫺(령): 격자창.
207) 凄凄(처처): 의성어. 가을벌레가 우는 소리를 형용한다.

# 완계사

## 가을저녁

바람 새는 성긴 격자창에 풍경은 맑은데
찌륵찌륵 사방 벽에 원망스런 귀뚜리 울어대고
밤 깊도록 살짝 젖어들며 이슬은 소리도 없다.

섬돌 위의 낙화는 달빛 속에 떨어지고
주렴 앞의 밝은 달은 꽃 근처에 환한데
반쯤 기운 은하수를 또다시 바라본다.

【해제】 가을저녁에 밖에 나가 은하수를 바라본 일을 노래하였다. 상편은
가을저녁에 벌레가 울고 이슬이 내리는 것을 노래하였고, 하편은 달빛 속
에 꽃 근처에서 은하수를 바라보는 것을 노래하였다. 밤이 깊도록 은하수
를 바라보며 무슨 생각을 했을까 하는 궁금증이 생긴다.

# 浣溪沙

## 同兩姊戲贈母婢隨春

欲比飛花態更輕.
低回紅頰背銀屛. 208)
半嬌斜倚似含情.

嗔帶澹霞籠白雪,
語偸新燕怯黃鶯. 209)
不勝力弱懶調箏.

---

208) 低回(저회): 고개를 숙여 돌리다.
209) 偸(투): 취하다. 취(取)와 같다.
　　이 구는 수춘의 목소리가 어린제비가 지저귀듯 가녀리고 고운 것을 가
　　리킨다.

# 완계사

두 언니와 함께 어머니의 시녀 수춘에게 장난삼아 주다

날리는 꽃에 견주려니 자태 더욱 경쾌하고
붉은 뺨을 숙여 돌리면서 은 병풍을 등지다
예쁜 척 비스듬히 기대면 정을 품은 듯.

화내면 옅은 노을 지며 흰 눈빛의 얼굴을 뒤덮고
말하면 봄 제비 소리 내며 꾀꼬리를 겁내는데
약한 몸 힘에 겨워 나른하게 쟁을 조율하네.

【해제】두 언니와 함께 어머니 심의수의 시녀 수춘의 모습을 노래하였다. 수춘에 대한 노래는 엽소란과 더불어 엽환환, 엽소환이 모두 지었고, 이 말을 들은 어머니 심의수와 아버지 엽소원 또한 지었다. 이 일은 엽소원의 〈완계사〉 서문에 "엽소란이 수춘을 매우 좋아하여 〈완계사〉 사를 지었다. 딸 엽환환, 엽소환, 부인 심의수가 모두 그 사에 화답하였기에 나 또한 두 수를 짓는다.(瓊章極喜之, 爲作浣溪沙詞. 昭齊·蕙綢·宛君均和之, 余亦作二闋)"라고 밝혀져 있다. 이처럼 온 가족이 사를 지어 교유하는 것은 가족 모두 문재가 뛰어났기에 가능한 일이고 여성 가족들 간에 친밀함이 있었기에 가능한 일이라 하겠다.

# 浣溪沙

**書懷**

幾欲呼天天更賒.
自知山水此生迂.
誰敎生性是煙霞.[210]

屈指數來驚歲月,
流光閑去厭繁華.
何時驂鶴到仙家.

---

210) 生性(생성): 천성, 어려서부터 길러진 습성.
　　 煙霞(연하): 안개와 노을. 고요한 산수 경치.

# 완계사

## 감회를 적다

몇 번이나 하늘에 외치려 해도 하늘 더욱 아득하여
산수가 이 내 삶과 요원한줄 절로 알았건만
누가 나의 본성을 산수에 있게 하였는가.

손가락 꼽아 세어보다 가는 세월에 놀라나니
세월을 한가로이 보내며 화려한 시절 싫어하지만
언제나 학을 타고 저 선계에 이르려나.

【해제】 산수에 은거하고 싶은 생각과 신선세계에 대한 동경을 노래하였
다. 상편은 자신의 본성이 산수를 즐기는 데 있음을 말하였고, 하편은 신
선세계에 대한 동경을 노래하였다. 산수에 은거하는 데서 만족하지 않고
더 높은 신선세계로 가고자 하는 생각이 나타나있다.

## 菩薩蠻

小窓前梅花一樹正開, 爲風雨狼藉, 作此志悼

嫩寒初放枝頭雪. 211)
倚窓深夜窺花月.
曉起捲簾看.
飄冷滿畵欄.

飛殘千點白.
點破蒼苔碧.
風雨幾時休.
巡簷索共愁.

---

211) 嫩寒(눈한): 심하지 않은 추위.

## 보살만

작은 창 앞 매화 한그루에 꽃이 막 피었는데 비바람에 어지러이 떨어져
이 사를 지어 슬픔을 적노라

약한 추위 속에 막 피어나서 가지 끝에 눈 내린 듯
창에 기대 밤 깊도록 달빛 어린 매화를 엿봤는데,
아침에 일어나 주렴 걷고 보니
흩날려서 채색 난간에 가득하네.

흰 꽃잎 수천 점 거의 다 날아가서
푸른 이끼에 점점이 찍히었네.
비바람 언제나 그치려나
처마를 따라 찾아가서 함께 근심하리.

【해제】 매화가 져서 슬픈 심정을 노래하였다. 상편은 막 피어난 매화가 밤의 비바람에 금세 떨어졌음을 노래하였고, 하편은 떨어진 매화의 모습을 찾아보고 슬퍼지는 심정을 노래하였다. 마지막 구는 떨어진 매화라도 찾아보려는 생각을 노래함으로써 매화에 대한 절절한 애정을 표현하였다.

## 訴衷情令

### 秋夜

蛩聲泣罷夜初闌.
香潤彩籠殘.
多情明月相映,
一似伴人閒.212)

燈蘂細,
漏聲單.213)
透輕寒.
蕭蕭瑟瑟,214)
惻惻凄凄,215)
落葉聲乾.

---

212) 一似(일사): 매우 비슷하다.
213) 單(단): 잦아들다. 다하다. 殫(탄)과 통용된다.
214) 蕭蕭瑟瑟(소소슬슬): 의성어. 여기서는 낙엽소리를 형용한다.
215) 惻惻凄凄(측측처처): 의성어. 여기서는 낙엽소리를 형용한다.

## 소충정령

### 가을밤

귀뚜라미 울음 멎으며 밤도 이제 다하니
향 나고 윤나는 채색 등불 꺼져간다
다정한 밝은 달이 비춰주며
한가한 이를 짝하는 듯하구나.

등불 불꽃 가늘어지고
물시계소리 잦아들며
가벼운 한기가 스민다.
서걱서걱
바삭바삭
낙엽 소리 메마르구나.

【해제】 잠 못 이루는 가을밤을 노래하였다. 상편은 등불과 달빛이 밤늦도록 잠 못 이루는 자신을 비춰주고 있음을 노래하였고, 하편은 고요한 밤중에 들리는 낙엽소리를 노래하였다. 잠 못 이루는 가을밤 더욱 크게 느껴지는 낙엽소리를 통해 자신의 외로움과 가을의 슬픔을 한데 결합시켰다.

# 謁金門

## 秋晚憶兩姉

情脉脉.[216]
簾捲西風爭入.
晚倚危樓窺遠色.[217]
晚山留落日.

芳草重重凝碧.
影浸澄波欲濕.
人向暮煙深處憶.
繡裙愁獨立.

---

216) 脉脉(맥맥): 끊임없이 이어지는 모양.
217) 遠色(원색): 먼 하늘빛.

## 알금문

늦가을에 두 언니를 그리며

그리운 정 끊임없는데
주렴 걷히며 가을바람 앞 다퉈 불어오네.
저녁에 높은 누대 기대어 먼 곳을 바라보니
저녁 산에 지는 해 걸려있네.

향긋한 풀 겹겹이 검푸른 어둠 엉겨있고
그림자는 맑은 물결에 잠기며 젖어들 듯
저녁놀 깊은 곳의 언니들이 떠올라
수놓은 치마입고 근심 속에 홀로 서있네.

【해제】 늦가을에 두 언니를 그리워하는 심정을 노래하였다. 엽소란의 두 언니 엽환환과 엽소환은 각각 엽소란이 11살 때(1626), 15살 때(1630) 출가하였다. 이 사는 아마도 그들이 모두 출가한 숭정 3년(1630) 이후 늦가을에 지어진 것으로 추정된다. 언니들에 대한 그리움을 가을, 저녁의 시간적 이미지를 활용하여 노래하였으며, 마지막 구에 자신의 모습을 등장시켜 홀로 있는 외로움을 강조하였다.

## 謁金門

### 秋雨

秋雨急.
釀就曉寒相逼.<sup>218)</sup>
竹籜凄迷芳徑窄.<sup>219)</sup>
一庭閒翠積.

雁字無人寄得.<sup>220)</sup>
落葉紛紛如摘.
懶捻金針推指澀.
繡牀連夜濕.<sup>221)</sup>

---

218) 釀就(양취): 빚어내다. 여기서는 가을비에 날이 추워진 것을 가리킨다.
219) 竹籜(죽탁): 죽순 껍질.
　　凄迷(처미): 처량하고 어슴푸레하다. 죽순 껍질이 비에 젖어 처량해진
　　것을 가리킨다.
220) 雁字(안자): 서신을 가리킨다.
221) 繡牀(수상): 수놓을 때 천을 팽팽하게 고정시키기 위해 사용하는 틀.

# 알금문

## 가을비

가을비 급히 내려
새벽 한기 빚어내며 들이닥치네.
죽순껍질 비에 젖어 향기로운 길 좁아지고
온 정원에는 쓸쓸한 푸른 기운 쌓여가네.

서신을 부칠만한 사람도 없고
낙엽은 어지러이 뜯어낸 듯하네.
나른하게 금바늘 잡아도 손가락으로 밀어 넣기 뻑뻑하고
수틀은 밤새도록 축축하네.

【해제】 가을비가 내려서 생긴 변화를 노래하였다. 상편은 밤중에 비가 내리면서 정원에 죽순껍질이 젖고 온 정원이 우중충해진 것을 노래하였고, 하편은 실내에서 편지 쓸 사람이 없어 편지를 쓸 수도 없고 수틀이 축축해져 수놓기도 힘든 상황을 노래하였다. 『전명사(全明詞)』에는 부제가 추사(秋思)로 되어있다.

# 洛陽春

## 柳絮

點點離魂如雨.
輕狂隨處.
天涯不識舊章臺,222)
更阻斷、遊人路.

驀地送將春去.223)
燕慵鶯憮.224)
飄飄閃閃去還來,225)
拾取問渾無語.

---

222) 章臺(장대): 한(漢) 장안(長安)의 거리 이름. 기루(妓樓)가 모여 있는 거
리를 가리킨다.
223) 驀地(막지): 갑자기.
224) 憮(무): 멍하다, 실의하다.
225) 飄飄閃閃(표표섬섬): 버들 솜이 흩날리며 쉴 새 없이 움직이는 모습을
형용한다.

# 낙양춘

버들 솜

한 점 한 점 이별의 넋은 비처럼
가볍게, 미친 듯이, 아무데나 날린다.
하늘가의 사람 옛 장대로 알아보지 못할 텐데
더구나 나그네 앞길을 막아섰구나.

가는 봄을 갑자기 전송하고 나니
제비는 나른히 날고 꾀꼬리 슬픔에 빠졌구나.
흩날리고 흔들대며 오락가락하는데
주우면서 물어봐도 도통 말이 없구나.

【해제】 늦봄에 흩날리는 버들 솜을 노래하였다. 상편은 버들 솜이 마구 날리면서 집 떠난 나그네의 시야를 가리는 것을 노래하였고, 하편은 다시 돌아온 버들 솜에게 이유를 물어봐도 소용이 없음을 노래하였다. 버들 솜을 '이별의 넋[離魂]'이라고 표현한 점이 독특하다.

# 鳳來朝

## 春日書悔

小院閑無事.
步花陰、嫩苔雨漬.
弄明光、幾疊琴絃膩.
曲檻畔、情何似.

靜對聖賢書史. 226)
一鑪香、盡消夢思.
翠幕外、東風起.
不覺又、欲暝矣.

---

226) 書史(서사): 경전과 사서(史書)류의 전적.

# 봉래조

## 봄날 회한을 쓰며

작은 뜰에 한가로이 일이 없어
꽃그늘 걷는데 여린 이끼 비에 젖어있다.
밝은 달빛 받자니 거문고 현 몇 가닥이 윤나는데
굽은 난간 가에 이 내 심정 무엇 같은가.

고요히 성현의 전적을 마주하니
향로의 향에 꿈같은 생각 다 사라지누나.
비취 휘장 너머 봄바람 이는데
어느새 또 날이 저물어간다.

【해제】 봄날의 한가로운 일상을 노래하였다. 상편은 비온 뒤의 달빛 산책
을 노래하였고, 하편은 성현의 전적을 읽으면서 봄날을 보내고 있음을 노
래하였다. 산책을 하거나 서책을 읽으면서 한가로이 지내는 일상을 노래
하였는데, 한가로운 일상 속에 외로움과 슬픔이 묻어난다.

# 浪淘沙

## 秋懷

青女降枝頭. 227)
已解添愁.
暮蟬聲咽冷箜篌.
試看夜來多少露,
草際珠流.

身世一浮鷗.
歲月悠悠.
問天肯借片雲遊.
嫋嫋乘風歸去也,
直上瀛洲.

---

227) 靑女(청녀): 서리와 눈을 관장하는 여신. 서리와 눈을 가리키는 말.

# 낭도사

## 가을상념

가을서리 가지 끝에 내리면서
이미 수심을 더할 줄 아네.
저녁매미 오열하고 공후는 싸늘한데
밤 되면서 얼마나 많은 이슬이
풀 가에 구슬 되어 흐르나 살펴보네.

이 내 신세 한 마리 떠도는 갈매기
세월은 유유히 흐르네.
하늘에 묻나니, 조각구름 빌려 노닐며
하늘하늘 바람타고 돌아가서는
곧장 영주로 올라가도 될까요?

【해제】 가을이 되면서 인생의 유한함을 자각하고 이를 초월하고 싶은 생각을 노래하였다. 상편은 가을이 되면서 서리와 이슬이 내리는 상황을 노래하였고, 하편은 세월을 초월하여 신선세계로 가고자하는 생각을 노래하였다. 신선이 되어 계절의 변화로 인해 느끼는 슬픔, 인간의 삶과 죽음에서 오는 슬픔, 이 모두를 초월하고 싶었나보다.

# 鷓鴣天

## 夏日

處處蟬聲咽柳亭.
隆隆日午正當庭. 228)
蓮香有水紅粧倩,
竹粉無風翠影停. 229)

揮扇子,
候凉生.
疏簾小簟却銀屏.
南熏日暮無行雨, 230)
喚殺啼鳩不耐聽.

---

228) 隆隆(융융): 맹렬하게 진동하는 소리. 여기서는 여름 해가 이글거리는
    것을 가리킨다.
229) 竹粉(죽분): 대나무 분가루. 대나무를 가리킨다.
230) 南熏(남훈): 남풍. 순임금이 지었다고 하는 「남풍가(南風歌)」에 "남풍이
    시원하고 부드러워서 우리 백성의 성냄을 달래줄 만하다(南風之薰兮,
    可以解吾民之慍兮)"라는 구절이 있다.
    行雨(행우): 비를 내려주다.

# 자고천

## 여름날

곳곳에 매미 소리 버드나무 정자에서 오열하고
이글거리는 정오의 태양 정원에 막 내리쬐는데,
향기로운 연꽃은 물기 있어 붉은 단장 어여쁜데
분나는 대나무는 바람 없어 푸른 그림자 멈춰있네.

부채질하며
시원한 바람 불길 기다리며
성긴 주렴 작은 대자리에서 은 병풍을 물리쳤네.
남풍이 저물도록 비를 내려주지 않는데도
울어대는 비둘기 소리 차마 듣지 못하겠네.

【해제】 더위에 지쳐 비오기를 기다리는 한여름 풍경을 노래하였다. 상편
은 시끄러운 매미와 이글대는 햇볕 속에 연꽃은 그나마 물기가 있어 어여
쁜 것을 노래하였고, 하편은 병풍을 치운 채 부채질하면서 비가 오기를 바
라는 심정을 노래하였다. 병풍도 치운 채 부채질 한다고 하여 예의를 차리
지 못할 정도로 무더운 상황을 표현하였다.

# 鷓鴣天

壬申春夜夢中作五首231)　其二

春雨山中翠色來.
蘿門敧向夕陽開. 232)
朝來携伴尋芝去,
到晚堤壺沽酒回.

身倚石,
手持杯.
醉時何惜玉山頹. 233)
今朝未識明朝事,
不醉空敎日月催.

---

231) 壬申(임신): 숭정 5년(1632). 엽소란의 나이 17세인 해이다.
232) 蘿(라): 여라. 덩굴식물을 가리킨다.
233) 玉山(옥산): 서왕모(西王母)가 산다는 전설 속의 선산(仙山).

# 자고천

**임신년 봄밤 꿈속에서 지은 시 다섯 수   제2수**

봄비는 산속에 푸른빛으로 내리고
덩굴 문은 비스듬히 석양 속에 열려있네.
아침이면 짝을 데리고 영지 찾아 떠나고
저녁이면 호리병 들고 술을 사서 돌아오네.

몸은 돌에 기대고
손은 술잔 들고서
취해서는 옥산처럼 무너진들 무에 아까우랴.
오늘 내일 일도 알지 못하면서
취하지 않고 부질없이 세월만 재촉하네.

【해제】숭정 5년(1632) 봄에 꿈속세계를 노래한 다섯 수 가운데 제2수이다. 상편은 꿈속에서 본 풍경과 일상생활을 노래하였고, 하편 덧없는 인생이기에 술이나 마시면서 즐겨야함을 노래하였다. 상편에 제시된 꿈속세계를 통해 엽소란이 평소 무엇을 바랐는지 짐작할 수 있다.

# 鷓鴣天

雨後青山色更佳.
飛流瀑布欲侵階.
無邊藥草誰人識,
有意山花待我開.

閒登眺,
莫安排.
嘯吟歌咏自忘懷.
飄飄似欲乘風去,
去往瑤池白玉臺. 234)

---

234) 瑤池(요지): 신선이 사는 곳으로 중국(中國) 곤륜산(崑崙山)에 있다는 못,
　　주(周)나라 목왕(穆王)이 이곳에서 서왕모(西王母)를 만났다고 한다.

# 자고천

**임신년 봄밤 꿈속에서 지은 시 다섯 수  제4수**

비 온 뒤라 푸른 산은 산색이 더욱 좋나니
날듯이 흐르는 폭포가 계단에 밀려올 듯하다.
가없는 약초를 그 누가 알아보랴
일부러 산꽃은 나를 기다려 피었구나.

한가로이 높이 올라 바라보니
안배한 것은 아니구나.
휘파람 불고 노래하며 스스로 잊으리라.
훨훨 바람을 타고 가서
요지의 백옥대로 갈 것만 같구나.

【해제】 숭정 5년(1632) 봄에 꿈속세계를 노래한 다섯 수 가운데 제4수이
다. 상편은 비온 뒤 산의 변화를 노래하였고, 하편은 높은 산에 올라 더
높은 신선세계로 날아가고 싶은 심정을 노래하였다. 꿈속세계는 제2수에
서 말한바 '친구[伴]', '영지[芝]', '술[酒]', 그리고 여기의 '약초(藥草)',
'산꽃[山花]'이 모두 어우러진 산속의 은거생활이라고 할 수 있다.

## 鷓鴣天

壬申春夜夢中作五首　其五

西去曾遊王母池,
瓊蘇酒泛九霞巵.235)
滿天星斗如堪摘,
徧體雲煙似作衣.

騎白鹿,
駕靑螭.
群仙齊和步虛詞.236)
臨行更有雙成贈,237)
贈我金莖五色芝.

---

235) 瓊蘇酒(경소주): 신선이 마시는 술. 『초학기(初學記)』권26에 인용된「남악
　　부인전(南岳夫人傳)」에 남악부인이 왕자교(王子喬)를 위해 경소녹주(瓊
　　蘇綠酒)를 준비했다는 이야기가 전한다.
　　九霞巵(구하치): 구하상(九霞觴). 신선들이 사용한다는 술잔 이름.
236) 步虛詞(보허사): 도교에서 경전을 읽고 찬미하는 노래.
237) 雙成(쌍성): 동쌍성(董雙成). 전설에 나오는 선녀로 서왕모(西王母)의 시
　　녀이다.

# 자고천

## 임신년 봄밤 꿈속에서 지은 시 다섯 수   제5수

서쪽으로 가서 일찍이 서왕모의 요지를 노닐었고
경소주를 구하치에 따랐었네.
하늘 가득한 별들은 딸 수 있을 것 같았고
온 몸의 구름과 안개는 옷을 지은 것 같았네.

흰 사슴 타고
푸른 교룡 몰고 온
여러 신선들이 일제히 보허사에 화답하였네.
떠날 때에는 다시 동쌍성의 선물이 있었는데
나에게 금빛 줄기의 오색 영지를 주었네.

【해제】 숭정 5년(1632) 봄에 꿈속세계를 노래한 다섯 수 가운데 마지막
작품이다. 상편은 서왕모의 요지로 날아가서 신선처럼 노니는 것을 노래
하였고, 하편은 자신을 존중하는 다른 신선들의 모습을 노래하였다. 봄에
이 다섯 수의 유선사(游仙詞)를 짓고 나서 10월에 죽었으니, 자신의 죽음
을 예견하고 그 사후의 신선세계를 읊은 듯하다.

# 河傳

## 七夕二首　其二

婀娜.238)
人坐.
佳時瓜果.
氣朗長空.
月宮.
斷霞半天衫袂紅.
重重.
紫微花影濃.239)

曲沼芙蓉香滿院.
人正宴.
數點晚螢見.
倚鍼樓.240)
看女牛.
莫愁.
今宵猶未秋.

---

238) 婀娜(아나): 나긋나긋하고 우아한 모습.
239) 紫微花(자미화): 백일홍. 자미화. 배롱나무의 꽃.
240) 鍼樓(침루): 칠석날 바늘에 실을 꿰던 누대. 남조(南朝) 제(齊)나라 무제
(武帝)가 층성관(曾城觀)을 지었는데 칠월칠석날 궁녀들이 그곳에서 바
늘에 실을 꿰고 직녀성에게 지혜와 재주를 구했으므로 그 누대를 천침
루(穿針樓)라 했다.

# 하전

## 칠석 두 수 제2수

우아하게
사람들 앉은 곳에
좋은 시절의 오이와 과일.
공기 맑은 긴 하늘에
월궁
하늘 절반의 조각노을에 옷소매 붉어지는데
겹겹이 핀
백일홍은 그림자가 진하네.

굽은 연못의 부용 향기 정원에 가득할 때
사람들 막 잔치하는데
점점이 저녁 반딧불이 보이네.
침루에 기대
견우직녀성을 바라보나니,
근심하지 말아야지
오늘 밤은 아직 가을이 아닌 걸.

【해제】 칠석날 여성들이 칠석회(七夕會)를 하는 모습을 노래하였다. 상편은 여성들이 소원 빌기[乞巧]를 위해 오이와 과일을 차려놓은 장면을 노래하였고, 하편은 홀로 침루에 기대 견우직녀별을 바라보는 심정을 노래하였다. 마지막 구는 견우직녀의 만남이 있기에 오늘은 아직 슬픈 가을이 아니라는 것을 의미한다.

# 虞美人

## 殘燈

深深一點紅光小.
薄縷微微裊.
錦屏斜背漢宮中.
曾照阿嬌金屋淚痕濃. 241)

朦朧穗落輕煙散. 242)
顧影渾無伴.
愴然一夜漫凝思.
恰似去年秋夜雨窓時.

---

241) 阿嬌(아교): 한(漢) 무제(武帝)의 비 진황후(陳皇后)를 가리킨다. 후에 무
제의 총애를 잃어 장문궁(長門宮)에 갇혀 살다가 병사했다.
金屋(금옥): 금으로 장식한 화려한 집. 『한무고사(漢武故事)』에 한 무제
가 어렸을 때 금으로 만든 집에 아교를 데려다 아내로 삼겠다고 했다는
이야기가 있다.
242) 穗(수): 촛불 심지가 탈 때 생기는 불똥.

# 우미인

## 꺼진 등불

깊디깊게 한 점 붉은 빛 조그만데
가는 불꽃 가닥 약하게 흔들거린다.
비단 병풍 비스듬히 등진 한나라 궁궐 안에서
일찍이 금옥에서 아교의 진한 눈물자국 비췄었지.

어렴풋하니 심지불똥 떨어지며 희미한 연기 흩어지자
그림자 돌아봐도 짝할 이가 전혀 없구나.
슬퍼하며 밤새도록 생각에 골몰하나니
마치 지난해 가을밤 비 내리던 창가에서처럼.

【해제】 꺼진 등불을 노래하였다. 상편은 꺼져가는 등불을 보며 슬퍼하는 자신의 모습에서 한나라 궁궐 여인을 연상하였고, 하편은 등불이 꺼진 뒤에도 여전히 슬퍼하는 상황을 노래하였다. 마지막 구는 지금 상황이 지난해에도 마찬가지였음을 말하여 밤늦도록 근심하는 생활이 지속되고 있음을 나타내었다.

## 小重山

**曉起**

春夢朦朧睡起濃.
綠鬢浮膩滑、落香紅.
粧臺人倦思難窮.
斜簪玉,
低照鏡鸞中.

徐步出房櫳.
閒將羅袖倚、立東風.
日高煙靜碧綃空.
春如畫,
一片杏花叢.

# 소중산

## 새벽에 일어나

봄꿈 몽롱하여 일어나도 혼곤한데
윤기 흐르는 푸른 쪽머리에 붉은 꽃잎 떨어졌네.
화장대에서 사람 노곤해서 생각 다하기 어려운데
비스듬한 옥비녀
난새 거울 속에 낮게 비치네.

느린 걸음으로 방을 나와
한가로이 비단 소매에 의지한 채 봄바람 속에 서있네
해는 높고 안개 고요한 푸른 하늘 공활한데
봄은 그림 같아
한 폭의 살구꽃 무리.

【해제】 새벽에 일어나 단장하고 바라본 봄 풍경을 노래하였다. 상편은 잠이 덜 깬 채 단장하는 모습을 노래하였고, 하편은 밖으로 나와 바라보는 봄 풍경을 노래하였다. 새벽에 나른하고 몽롱한 가운데 펼쳐지는 살구꽃핀 봄 풍경이 더욱 화사하게 느껴진다.

# 踏莎行

閨情二首　其二

昨夜疏風,
今朝細雨.
做成滿地和煙絮.[243]
花開若使不須春,[244]
年年何必春來住.

樓外鶯飛,
簾前燕乳.
東君漫把韶光與.
未知春去已多時,
向人猶作愁春語.

---

243) 煙絮(연서) : 안개처럼 흩날리는 버들개지.
244) 若使(약사): 가령, 만약.

# 답사행

## 규정 두 수   제2수

어제 밤 성긴 바람과
오늘 아침 이슬비에
온 땅에 안개와 버들 솜이 뒤섞이게 되었구나.
꽃필 때가 봄이어야 할 필요 없다면
해마다 봄이 와서 머물 필요 있으랴.

누대밖에는 꾀꼬리 날고
주렴 앞에는 제비가 새끼 기르는데
봄 신령이 봄기운을 듬뿍 주었구나.
봄이 간지 이미 오래인 줄도 모르고
다른 이에게 아직도 봄의 수심 말하는구나.

【해제】 규정을 노래한 두 수 가운데 제2수이다. 상편은 비바람에 버들 솜이 떨어지며 봄이 가는 것을 노래하였고, 하편은 꾀꼬리가 다 자라고 제비 새끼가 자랄 정도로 봄이 갔는데도 여전히 봄을 슬퍼하는 것을 노래하였다. 꽃이 없다면 봄도 올 필요가 없다는 상편 마지막 두 구의 발상이 참신하다.

# 踏莎行

## 憶沈六舅父[245)]

枝上香殘,
樹頭花褪.
紛紛共作春歸恨.
十年客夢曾醒,[246)]
子規莫訴長離悶.

回首天涯,
愁腸縈寸.
東風空遞雙魚信.[247)]
幾番歸約竟無憑,
可憐只有情難盡.

---

245) 沈六舅父(심육구부): 외삼촌 심자징(沈自徵). 그의 아내 장천천(張倩倩)은
    심의수의 사촌동생이다. 이 부부는 심의수 부부를 대신하여 엽소란을
    10년 동안 길러주었다.
246) 十年客夢(십년객몽): 심자징 부부가 자신을 10년 동안 길러준 일을 가리
    킨다.
    曾(증): 어찌. 하(何)의 뜻이다.
247) 遞(체): 전하다.

# 답사행

## 여섯째 외삼촌이 생각나서

가지 위에 향기 다하고
나무 끝에 꽃이 바래갈 때
분분히 돌아가는 봄을 함께 원망했었지요.
십년 나그네의 꿈에서 어찌 깨어날까요
자규새야 이별의 긴 고통을 호소하지 말기를.

하늘가로 고개 돌리니
수심어린 장은 마디마디 얽히는데
봄바람이 부질없이 편지를 전하네요.
돌아온다는 몇 번의 약속 결국 믿지 못하게 되니
안타깝게도 다함없는 정만 남는군요.

【해제】 북쪽 변방으로 떠난 외삼촌 심자징을 그리워하는 작품이다. 심자징 부부는 엽소란을 10년 동안 길러주었다. 아홉 살 되던 해(1624) 외삼촌이 북쪽 변방으로 떠나자 외숙모 장천천과 함께 지내다 이듬해(1625) 11월 다시 본가로 돌아왔다. 엽소란이 열여섯 살 되던 해(1631) 심자징은 7년만에야 고향으로 돌아오게 되는데, 이 사는 그전에 지어진 것으로 추정된다.

# 蝶戀花

## 春愁

驀地東風池上路.
綠怨紅消,
竟是誰分付.
不斷行雲迷楚樹.
閉門寒食梨花雨.

雨後斜陽芳草處.
閒把情懷,
付與東君主.
便向西園飄柳絮.
不能飄散愁千縷.

# 접련화

## 봄의 수심

갑자기 봄바람이 연못가 길에 불고 나니
푸른 잎 원망하고 붉은 꽃 사라지는데
결국 누가 분부한 일인가.
떠가는 구름 초 땅 나무에서 끊임없이 헤매더니
문을 닫은 한식날에 꽃비만 내린다.

비 갠 뒤 비낀 햇살 속의 봄풀 난 곳에서
한가로이 이 마음을
봄 신령에게 주었더니,
바로 서쪽 정원에 버들 솜은 날리지만
천 가닥 수심은 날려버리지 못하는구나.

【해제】 한식날 느끼는 봄의 수심을 노래하였다. 상편은 한식날 바람 불고
비 오면서 꽃이 흩날리는 것을 노래하였고, 하편은 비 갠 뒤에 수심이 여
전한 것을 노래하였다. 봄바람에 버들 솜은 날아가지만 자신의 수심은 날
아가지 않는다고 한 마지막 두 구가 뛰어나다.

## 蝶戀花

### 立秋

屈指西風秋已到.
薄簞單衾,
頓覺凉生早.
疏雨數聲敲葉小.
小亭殘暑渾如掃.

流水年華容易老.
秋月春花,
總是知多少.
準備夜深新夢好.
露蟲又欲啼衰草.

# 접련화

## 입추

손가락 꼽으며 기다리던 서풍에 가을이 이미 당도하니
얇은 자리와 홑이불에
문득 때 이른 서늘함이 느껴지네.
성긴 빗방울 소리가 나뭇잎을 작게 두드리더니
작은 정자에 남은 더위 모조리 쓸어 낸 듯하네.

흐르는 물 같은 세월에 쉬이 늙어가니
가을 달과 봄꽃이
결국 얼마나 되려나.
밤 깊어 좋은 꿈 새로 꾸려고 준비하는데
이슬 맞은 벌레가 또다시 시든 풀숲에서 울려하네.

【해제】 가을을 맞는 감회를 노래하였다. 상편은 가을이 와서 무더위가 완전히 사라졌음을 말하였고, 하편은 가을을 맞아 느끼는 세월의 무상감을 노래하였다. '가을 달과 봄꽃[秋月春花]' 두 구는 남당(南唐) 이욱(李煜)의 〈우미인(虞美人)〉 "봄꽃과 가을 달 언제나 다하려나(春花秋月何時了)" 구절을 본받고 있다.

## 蝶戀花

七夕

飛鵲年年眞不誤.
機石停梭,<sup>248)</sup>
掩映河邊渡.<sup>249)</sup>
清露微消楊柳暮.
落花借點疏螢度.

月色風光都莫負.
酒酌芳樽,
不把佳時錯.
女伴隨凉池上路.
海棠花畔吹簫坐.

---

248) 機石(기석): 전설상 직녀(織女)의 베틀을 괴는 돌.
249) 掩映(엄영): 가리다.

# 접련화

## 칠석

나는 까치 해마다 정말로 어김없으니
베틀에서 북을 멈추고
보일 듯 말 듯 은하수를 건너가네.
맑은 이슬 작아지며 버드나무에 날 저무는데
떨어진 꽃잎 점점이 빌어 성긴 반딧불이 건너가네.

달빛과 풍경을 모두 저버리지 말아야지
술을 향기로운 잔에 따라
아름다운 시절 놓치지 않으리.
친구들은 시원함을 따라 연못가 길에 있건만
해당화 곁에서 퉁소 불며 앉아있네.

【해제】 칠석을 노래하였다. 상편은 견우직녀가 은하수를 건너갈 당시 저녁풍경을 노래하였고, 하편은 술 마시며 칠석회(七夕會)를 즐기다가 홀로 퉁소를 부는 것을 노래하였다. 명대 여성들이 칠석 저녁에 칠석회를 하면서 즐기는 모습이 반영되어 있다.

# 千秋歲

## 卽用秦少遊韻

草邊花外,
春意思將退.
新夢斷,
閑愁碎.
慵嫌金葉釧,250)
瘦減香羅帶.
庭院悄,
只和鏡裏人相對.

過了鞦韆會.251)
荷葉將成蓋.
春不語,
難留在.
幾番花雨候,
一霎東風改.
斷腸也,
每年賺取愁如海.

---

250) 金葉釧(금엽천): 얇은 금 조각으로 만든 팔찌.
251) 鞦韆會(추천회): 한식날의 그네놀이 모임. 남조(南朝) 양(梁) 종름(宗懍)
    의 『형초세시기(荊楚歲時記)』에 의하면 한식날 타구(打毬), 추천(鞦韆),
    시구(施鉤) 등의 놀이를 한다고 한다.

# 천추세

진소유의 운을 쓰다

풀 가와 꽃 너머로
봄기운 물러갈 때
새로운 꿈 끊어지며
괜한 수심 부서지네.
나른해져 금팔찌 차기 싫어지고
수척해져 향기어린 비단 띠를 줄이었네.
정원은 고요한데
단지 거울 속의 사람과 마주할 뿐이네.

그네 타는 모임이 지나가고
연잎은 수레덮개 되려는데
봄은 말이 없어
머물러 있게 하기 어렵다네.
몇 번이나 꽃비 내릴 때
갑자기 봄바람이 바뀌었던가.
애끊나니
해마다 바다 같은 수심을 얻게 되네.

【해제】 봄이 가는 슬픔을 북송(北宋) 진관(秦觀)의 〈천추세(千秋歲)〉(水邊
沙外)의 운자(韻字)에 따라 노래하였다. 상편은 봄이 가면서 의욕도 없고
살도 빠지는 상황을 노래하였고, 하편은 한식이 지나면서 봄이 가는 슬픔
을 얻게 되었음을 노래하였다.

## 疏簾淡月

### 秋夜

窓紗欲暮.
漸暝色朦朧,
暗迷平楚. 252)
斷雁凄哀點點,
遠天無數.
蒼煙染徧西風路.
剪江楓、飄紅荻浦.
畫欄東角,
疏簾底畔,
徘徊閒佇.

漫嬴得長宵如許. 253)
又錦屏香冷,
繡幃寒據. 254)
滿耳秋聲,
長向樹梢來去.
蕭蕭竹響還疑雨.
悄窺人、嫦娥寒兎.

---

252) 平楚(평초): 멀리 바라보이는 평평한 숲.
253) 漫(만): 긴 모양. 만만(漫漫)으로 긴 밤의 모습이다. 『순자(荀子)·정명(正名)』에 인용된 시에 "긴 밤이 길다(長夜漫兮)"라는 구절이 있다.
嬴得(영득): ~이 남다. ~을 얻게 되다.
如許(여허): 이러한.
254) 據(거): 막다. 제지하다.

## 소렴담월

### 가을 밤

비단 창에 날이 저물 무렵
차츰 저녁기운에 어렴풋해지며
어둠이 평평한 숲가를 헤매네.
무리 잃은 기러기 슬피 울며 점점이
먼 하늘로 무수히 날아가네.
검푸른 안개가 서풍 부는 길로 두루 번지는데,
자른 듯이 고른 강가 단풍이 붉은 잎 날리는 갈대포구로.
채색 난간 동쪽 모퉁이
성긴 주렴 아래에서
서성이며 한가로이 서있네.

영원히 이러한 긴 밤만 남으리니
또 비단 병풍에 향은 싸늘하고
수놓은 휘장으로 한기 막고 있겠지.
귀에 가득한 가을 소리
늘 나무 끝에서 나오고 사라지며
쏴-아 대나무 소리 여전히 빗소리 같겠지.
근심스레 사람을 엿보는 달 속의 추운 토끼.

壁搖燈影,
空階露結,
怨蟲相語.

벽에는 등불 그림자 흔들리고
빈 계단엔 이슬이 맺히는데
원망스런 벌레들 서로 울어대겠지.

【해제】 가을 저녁 규방 안을 서성이면서 드는 생각을 노래하였다. 상편은
가을저녁 어둠이 내리는 가운데 규방 안에서 홀로 서성이는 것을 노래하
였고, 하편은 익히 알고 있는 다양한 가을풍경을 미리 상상하여 제시하였
다. 하편 첫 구에서 '이러한[如許]' 가을밤이 앞으로도 계속될 것이라고
말한 후 이러저러한 가을풍경을 나열하였는데, 전개방식이 독특하면서도
뛰어나다.

# 水龍吟

秋思, 次母憶舊之作二首　其一


井梧幾樹涼飄,
滿庭景色仍如舊.
啼鴉數點,
斜陽一縷,
掛殘疏柳.
有恨林花,
無情衰草,
風吹重又.
看輕陰帶雨,
天涯萬里,
樓高漫頻搔頭.

記泊石城煙渚,
落紅孤鶩常如繡.
輕舟畫舫, 255)
布帆蘭枻,
暮雲天皺.
水靜初澄,
蓼紅將醉,
早秋時候.

---

255) 畫舫(화방) : 용이나 봉황 등으로 꾸미고 곱게 단청한 놀잇배.

# 수룡음

**가을상념 옛일을 그리워한 어머니의 〈수룡음〉 두 수에 차운한 두 수**
**제1수**


우물의 오동나무 몇 그룬가 서늘함 흩날리고
정원 가득한 풍경은 여전히 예전 같구나.
우는 까마귀 여러 마리
기운 햇살 한 줄기
성긴 버드나무에 걸렸다가 사라진다.
한이 있는 숲속의 꽃
정이 없는 시든 풀에서
바람은 불고 다시 또 불어온다.
빗 기운 머금은 옅은 음기
하늘가 만 리 먼 곳을 바라보며
누대 높아 멋대로 머리 자주 긁적인다.


석두성 안개 물가에 정박한 일 떠올리면
떨어진 꽃잎과 외로운 따오기가 늘 수놓은 것 같았지.
날렵한 배와 채색 놀잇배
베 돛 달고 목란 노 저으면
저녁구름이 하늘에 주름졌었지.
강물 고요해져 막 맑아지고
여뀌 붉게 피어 취할 듯한
이른 가을이로다.

對庭前蕭索西風,
惟有寒蟬高奏.

정원 앞의 소슬한 가을바람 대하자니
가을매미의 높은 울림만이 있을 뿐.

【해제】숭정 4년(1631) 어머니 심의수가 지은 〈수룡음(水龍吟)〉 두 수에
차운하여 지은 두 수 가운데 제1수이다. 상편은 '예전 같다[如舊]'는 말을
통해 현재와 과거의 모습을 겹쳐서 노래하였으며, 하편은 남경에서의 옛
추억을 떠올리고 그해처럼 다시 이른 가을이 되었음을 노래하였다. 하편
제1~5구는 남경의 가을을 대표하는 강가풍경을 아름답게 묘사하여 당시
의 행복한 일들을 추억하였다.

# 水龍吟

秋思, 次母憶舊之作二首　其二


芭蕉細雨瀟瀟, 256)
雨聲斷續砧聲逗.
憑欄極目,
平林如畫,
雲低晩岫. 257)
初起金風, 258)
乍零玉露,
薄寒輕透.
想江頭木葉,
紛紛落盡,
只餘得、靑山瘦.


且問沈寥秋氣, 259)
當年宋玉應知否.
半簾香霧,
一庭煙月, 260)
幾聲殘漏.

---

256) 瀟瀟(소소): 의성어. 비오는 소리를 형용한다.
257) 岫(수): 산봉우리.
258) 金風(금풍): 가을바람.
259) 沈寥(혈료): 요혈(寥沈). 마음이 쓸쓸하고 고독한 것을 형용한다.
260) 煙月(연월): 안개 속에 보이는 은은한 달.

# 수룡음

가을상념 옛일을 그리워한 어머니의 〈수룡음〉 두 수에 차운한 두 수
제2수

파초에 이슬비가 투둑투둑
빗소리 끊길 듯 이어지며 다듬이 소리 이끄네.
난간에 기대 끝까지 바라보니
평평한 숲은 그림 같고
구름은 저녁 산에 낮게 떠있네.
처음 부는 가을바람에
갑자기 옥 이슬 떨어지며
약한 추위 가벼이 스며드네.
생각하면 강가의 나뭇잎
분분히 모두 떨어져서
그저 남는 건 메마른 청산뿐이리.

또 묻나니 쓸쓸한 가을 기운
그해 송옥은 분명히 알았을까.
반쯤 걷은 주렴의 향기로운 안개
온 정원의 안개 낀 달빛
몇 방울 다해가는 물시계 소리를.

四壁吟蛩,
數行征雁,
漫消杯酒.
待東籬、綻滿黃花,
摘取暗香盈袖.

사방 벽에서 울어대는 귀뚜라미
몇 줄로 줄지어 돌아가는 기러기
멋대로 비우는 술잔의 술을.
기다리리라, 동쪽 울타리에 노란국화 가득 피어
은은한 향기 따내어 소매 가득 채우길.

【해제】숭정 4년(1631) 어머니 심의수가 지은 〈수룡음(水龍吟)〉 두 수에
차운하여 지은 두 수 가운데 제2수이다. 비오는 가을저녁 바라본 풍경을
노래하였으며, 하편은 '송옥비추(宋玉悲秋)'로 유명한 송옥을 통해 가을의
슬픈 상황을 나열하였다. 하편의 전개방식은 〈소렴담월(疏簾淡月)·추야
(秋夜)〉와 유사하다.

# 엽환환·엽소환·엽소란의 생애와 시세계

## 1. 엽환환·엽소환·엽소란의 생애

명나라 말 삼년 여에 걸친 관직생활을 청산하고 낙향하여 가난 속에 살다가, 나라가 망하자 산속에 들어가 머리 깎고 절에서 은거하며 남은 생을 마감했던 평범한 문인 엽소원(葉紹袁, 1589~1648)이 있었다. 그는 여성의 문학적 재능을 적극적으로 지지하여 아내 심의수의 재능을 높이 샀고, 서로 시를 주고받으며 지적, 정서적인 교류를 돈독히 하였다. 그의 아내 심의수(沈宜修, 1590~1635)는 명말 오강(吳江, 지금의 강소성(江蘇省) 오강)지역의 문학세가(文學世家)였던 심씨 가문 출신으로 시사(詩詞)에 뛰어났을 뿐만 아니라 결혼과 인척관계로 맺어진 심씨와 엽씨 집안의 여성문학활동을 주도하였다. 또한 여성으로서는 최초로 당시 여성작가들의 작품을 선집한 『이인사(伊人思)』를 편찬하기도 했다. 이 부부의 딸들이 바로 엽환환(葉紈紈), 엽소환(葉小紈), 엽소란(葉小鸞)이다. 아버지의 지지와 어머니의 문학적 수양 아래 세 자매는 어려서부터 함께 시와 글씨를 배우고 시문을 창화하며 우애가 두터웠다.

엽환환(葉紈紈, 1610~1632)의 자(字)는 소제(昭齊)이며, 심의수의 장녀이다. 결혼한 지 6년 만에 태어난 엽환환은 부모님의 사랑을 흠뻑 받으며 자랐다. 어려서부터 시사에 뛰어난 재능을 보였고, 특히 해서체 글씨에 뛰어났다. 열일곱 살 되는 해(1626) 10월에 원엄(袁儼, 자 若思)의 셋째 아들 원숭(袁崧, 자 四履)과 결혼하였다. 아버지 엽소원과 시아버지 원엄은 한 집에서 친형제처럼 자란 특별한 친구 사이였다. 엽소원의 아버지 엽중제(葉重第?~1599)는 먼저 태어난 아들이 모두 일찍 요절한 뒤에 엽소원을 얻었으므로, 아이의 명을 길게 하기위해 남의 집에 맡겨 키웠던 그

지역의 풍속에 따라 태어난 지 4개월 된 아들을 친구 원황(袁黄, 1533~1606)에게 맡겼다. 원황의 집에서 10년을 사는 동안 엽소원은 원황의 아들 원엄과 형제처럼 자랐기 때문에, 친구와 사돈을 맺는 이 결혼을 몹시 기뻐했다. 그러나 엽환환의 결혼 생활은 전혀 행복하지 못했다. 엽소원이 사위를 달래기도 해봤지만 부부 관계는 전혀 나아지지 않았다. 엽소환은 남편의 무관심 속에서 염불과 불경 베껴 쓰기, 시문창작 등으로 마음을 달래며 살았다. 1632년 10월 여동생 엽소란의 부음을 듣고 친정에 간 엽환환은 슬픔으로 인해 시름시름 앓다가 그해 12월 22일 스물세 살의 나이로 세상을 떠나고 말았다. 엽소원은 딸의 결혼생활 7년이 수심으로 지은 집이었다고 회고하며 딸의 유고를 정리하여 『수언(愁言)』이라는 제목으로 출간하였다. 엽소환이 거처했던 곳의 이름을 따서 『방설헌유집(芳雪軒遺集)』이라고도 불린다.

엽소환(葉小紈, 1613~1657)의 자(字)는 혜주(蕙綢)이며, 심의수의 둘째 딸이다. 숭정(崇禎) 3년(1630)에 심경(沈璟, 1553~1610)의 손자, 즉 심자횡(沈自鋐)의 둘째아들인 심영정(沈永楨, 자 익생(翼生), 혹은 학산(學山))과 결혼했다. 1632년 동생 엽소란과 언니 엽환환이 연이어 세상을 떠나자 깊은 상심에 빠진 엽소환은 희곡 「원앙몽(鴛鴦夢)」을 지어 자매를 잃은 슬픔을 기탁하였다. 이 작품은 현존하는 최초의 여성희곡작품이 되었다. 엽소환 부부는 금슬이 좋았으나 남편이 일찍 세상을 떠나는 바람에 평생을 가난하게 살다가 45세에 세상을 떠났다. 남동생 엽섭(葉燮)이 그녀가 남긴 시를 정리하여 『존여초(存餘草)』라는 제목으로 묶어 강희(康熙) 25년(1686) 『오몽당시초(午夢堂詩鈔)』에 함께 수록하여 출간하였다.

엽소란(葉小鸞, 1616~1632)의 자는 경장(瓊章), 혹은 요기(瑤期)이며 심의수의 셋째 딸이다. 심의수는 젖이 모자라 생후 6개월 된 엽소란을 남동생 부부 심자징(沈自徵, 1591~1641)과 장천천(張倩倩, 1594~1627)에게 맡겼다. 심자징은 시문에 능했을 뿐만 아니라 명대 오강파(吳江派)에 속하는 저명한 희곡가이기도 하다. 그가 지은 잡극(雜劇) 『패정추(霸亭秋)』, 『편가기(鞭歌妓)』, 『잠화계(簪花髻)』 3편을 『어양삼농(漁陽三弄)』이라 하는데 일찍이 명나라 이래 '북곡제일(北曲第一)'이라는 평가를 받았다. 저서로 『심군용선생집(沈君庸先生集)』이 있다. 심자징의 아내 장천천은 심의수의 고종사촌으로 그녀 역시 시와 사에 뛰어났다고 한다. 현재 시 4수와 사 3수가 『이인사(伊人思)』에 수록되어 전해진다. 심자징과 장천천은 자식이 모두 요절하여 후사가 없던 차에 맡겨진 엽소란을 자식처럼 애지중지 길렀다. 심자징은 일찍부터 엽소란에게 문학 교육을 시켜 『만수당인절구(萬首唐人絶句)』, 『화간집(花間集)』, 『초당시여(草堂詩餘)』, 「이소(離騷)」 등을 가르쳐 외우게 하였는데 그녀는 한글자도 빠뜨리지 않고 다 외웠다고 한다. 엽소란은 열 살이 되던 해에 집으로 돌아갔고 그 이듬해(1626) 3월 곤산(崑山) 장노유(張魯唯)의 큰아들 장입평(張立平)과 약혼하였다. 심의수의 가르침을 받아 열두 살부터 시를 짓기 시작했고, 열네 살에 바둑을 둘 줄 알았고, 열여섯에 거문고를 배웠으며, 집에 있는 그림을 모사하며 그림을 그리기도하였다. 17세가 되는 해(1632) 가을 혼례식을 앞두고 갑자기 시름시름 앓다가 홀연히 세상을 떠났다. 심의수의 세 딸 가운데 시사(詩詞)에 가장 뛰어나 많은 작품을 남겼다. 특히 그의 사는 송대 이청조(李淸照)와 명말청초 서찬(徐燦)의 다음에 자리한다는 극찬을 받았다. 엽소원이 그녀의 유작을 모아 『반생향(返生香)』이라는 제목으로 출간했다. 그녀가 살던 거처의 이름을 따서 『소향각유집(疏香閣遺集)』이라고도 한다.


## 2. 엽환환, 엽소환, 엽소란의 작품 세계

엽환환의 문집 『수언(愁言)』에는 시 95수와 사 47수가 수록되어있고, 엽소환의 문집 『존여초(存餘草)』에는 시 51수가 수록되었으며, 『전명사(全明詞)』에 그녀의 사 15수가 전해진다. 엽소란의 문집 『반생향(返生香)』에는 시 113수, 사 90수와 3편의 문장이 실려있다. 엽환환이 23세에 세상을 떠났고, 엽소란이 17세에 세상을 떠난 것을 감안하면 이 두 사람의 창작량은 적지 않다고 할 수 있다. 엽소환의 경우 45년을 살았지만 전해지는 작품은 비교적 적은 편인데 이는 남동생 엽섭이 그녀의 유고 전부를 남기지 않고 선별하여 정리했기 때문이다.

세 자매는 어머니의 문학 훈도로 말미암아 일찍부터 함께 시를 배우고 창작하였다. 아버지 엽소원 역시 여성의 문학 재능 함양을 적극적으로 지지했고, 온 가족이 함께 시문을 짓고 창화하는 것을 큰 기쁨으로 여겼다. 세 자매와 심의수의 문집에 어머니를 중심으로 하여 네 모녀가 함께 창화한 작품이 많은 것은 이러한 가정적 배경에 의한 것이다.

숭정(崇禎)4년(1631)년 8월 엽소원이 명대의 유명한 시인이었던 이반룡(李攀龍, 1514~1570)의 「추일촌거(秋日村居)」를 모방한 시 8수를 지어 은거하는 즐거움을 노래하자 심의수 및 세 딸 엽환환, 엽소환, 엽소란과 맏아들 엽세전(葉世佺)도 역시 이에 차운(次韻)한 시를 지었다. 온 가족이 함께 시를 짓고 음송하는 것을 즐거움으로 삼았던 이 집안에서는 문학이 일상이었는데, 그것은 심의수와 딸들의 왕성한 창작활동에 힘입은 바가 크다. 심의수가 시를 지어 세 딸들에게 차운(次韻)하도록 명하여 지은 시, 자매들 끼리 서로 창화한 시와 사, 자매들 끼리 창화한 시사에 다시 차운한 어머니의 시와 사, 정원의 화훼를 주제로 지은 작품 등등 모녀가 함께 창화한 방식은 다양하고 서로 창화한 작품 또한 매우 많다.

명말에는 강남의 상층계층을 중심으로 가정 내에서 교육받은 규수들의 활동이 두드러지는데, 이들은 주로 혈연과 혼인으로 맺어진 가족이라는 울타리 안에서 문학활동을 펼쳤다. 오강(吳江)의 엽씨와 심씨, 동성(桐城)의 방씨(方氏), 산음(山陰)의 기씨(祁氏) 등이 대표적인 예로 꼽히는데, 그 중 오강의 심씨와 엽씨 집안의 여성 문학 활동을 주도한 인물이 바로 심의수이다. 그런 심의수에게 세 딸은 그녀의 문학 활동의 중심에 있는 문학적 동반자이기도 했다.

엽환환, 엽소환, 엽소란의 작품을 내용에 따라 크게 분류해보면, 가족과의 이별, 계절의 변화나 일상에서 느낀 감회, 정원에 자라는 초목화훼를 노래한 것, 고향의 풍광을 노래한 「죽지사(竹枝詞)」 등이 있다. 세 자매의 작품을 보면 화려한 수식이나 조탁을 하지 않은 평담한 언어로 인생에 대한 깊은 애환을 드러내고 있다. 깊은 고독, 가난으로 인한 고통, 잃어버린 가족으로 인한 비통함이 정서의 기조를 이룬다. 여성 작가 특유의 섬세함과 맑고 아름다운 풍격을 보이는 것 역시 공통적이다.

엽환환은 불행한 결혼생활로 인해 애상과 유원(幽怨)의 정서가 일관되게 흐르고 있으며, 어쩔 수 없는 현실로 인해 산중에 은거하고 싶은 마음과 신선세계에 대한 동경을 내비치기도 한다. 엽소환은 비교적 오래 살았기 때문에 친정 가족을 먼저 떠나보낸 슬픔을 노래한 시가 많다. 아버지의 죽음을 애도한 시는 망국을 경험한 선비의 신산한 삶을 담담한 어조로 잘 표현하여 매우 감동적이다. 또한 엽환환이나 엽소란 작품에는 보이지 않는 형제자매, 사촌, 오촌 간의 창화작품도 다수 보인다. 그녀의 작품에는 가난과 병으로 인한 고통스런 삶 속에 깃든 쓸쓸함이 흐른다.

세 자매 중에서 그 문학적 성취가 높이 평가되는 사람은 엽소란이다. 특히 엽소란의 사는 일찍이 많은 비평가들에게 주목 받았다. 청나라 사 비평가 진정작(陳廷焯, 1858~1892)은『백우재사화(白雨齋詞話)』에서 "규수 중에 사를 잘 쓴 사람으로 앞에는 이청조(李淸照)가 있고 뒤에는 서찬(徐燦)이 있다. 명말 엽소란은 이청조와 서찬의 다음이라 할 수 있다"고 극찬한 바 있다. 그녀의 사는 맑고 고우면서도[淸麗] 처량한 음조를 띠고 있어 한창 고운 나이의 여자가 쓴 작품이라 느껴지지 않는다. 평이하고 담담한 언어로 대상을 묘사하고 감정을 표현하지만 그 감동적이고도 절묘한 표현은 씹으면 씹을수록 더욱더 깊은 맛이 난다.『옥경양추(玉鏡陽秋)』의 "멋대로 지은 것 같은데 그것이 바로 붉은 꽃 흰 눈과 꼭 같아 환하게 사람을 즐겁게 한다"는 평가는 바로 조탁하지 않은 평이한 언어로 쉽게 상상할 수 없는 기발한 표현을 만들어내는 엽소란 사의 특징을 잘 지적해낸 말이다. 그녀의 남다른 점은 인간이 태생적으로 지니고 있는 존재론적인 고독감을 아름다운 자연풍경 속에 담담한 언어로 풀어낸 데에 있다.

여기 엽환환, 엽소환, 엽소란 세 자매의 시와 사는 비록 남성작가들처럼 사회적 활동을 통한 경험으로 인한 풍부하고 다양한 인생감개를 담아내지는 못했지만, 반복되는 계절의 흐름과 일상, 집안이라는 제한된 공간 속에서 살아가면서 느낀 진솔한 감정을 토로한 것이다. 이들의 글쓰기는 일상의 편린에 삶의 구비마다 겪었던 희노애락을 거짓 없이 담은 것으로 자신의 내면을 진지하게 마주한 기록이다. 진실한 자기 대면을 통해 무거운 감정을 흘려보내고, 힘겨운 삶을 위로하며 다시 살아갈 희망을 얻었던 과정이 행간마다 남아있다. 죽음을 앞두고 자신이 쓴 글을 정리하여 딸에게 주며 쓴 엽소환의 시에서 이들의 글쓰기가 지닌 치유적 의미를 가늠해 볼 수 있을 것이다. "이별을 슬퍼하고 죽음을 곡하며/가난에다 병까지/이십 년 처량함을/다 글로 적었단다/너에게 주니/가지고 가 눈물이나 뿌리고/내 이름은 남겨서 전하지 말거라"(「병중에 잡다한 글을 정리하여 딸 소가에게 주다(病中檢雜稿付素嘉女)」)

명대여성작가총서⑫엽환환 엽소환 엽소란 시사선
······················································

## 산꽃은 일부러 우릴 기다려 피었구나

지은이 ‖ 엽환환 엽소환 엽소란
옮긴이 ‖ 강경희 김수희
펴낸이 ‖ 이충렬
펴낸곳 ‖ 사람들

초판인쇄 2014. 6. 20 ‖ 초판발행 2014. 6. 25 ‖ 출판등록 제395-2006-00063 ‖ 주소 경기
도 파주시 탄현면 갈현리 668-6 ‖ 대표전화 031. 969. 5120 ‖ 팩시밀리 0505. 115. 3920
‖ e-mail. minbook2000@hanmail.net

ISBN 979-11-85501-06-2 93820